【岳麓文辑】 张立云·主编

张家界的灿烂年华

出生荒崖窠巢陋，任凭风雨苦不愁。
待到羽毛丰腴日，展翅长天竞风流。

李林　石绍河 著

ZHANG JIA JIE DE
CAN LAN NIAN HUA

UNITY PRESS 团结出版社

图书在版编目(CIP)数据

张家界的灿烂年华 / 李林, 石绍河著. -- 北京：
团结出版社, 2021.4
（岳麓文辑 / 张立云主编）
ISBN 978-7-5126-8676-2

Ⅰ. ①张… Ⅱ. ①李… ②石… Ⅲ. ①散文集–中国
–当代 Ⅳ. ①I267

中国版本图书馆 CIP 数据核字（2021）第 046065 号

出　　　版：团结出版社
　　　　（北京市东城区东皇城根南街 84 号　　邮编：100006）
电　　　话：(010)65228880　65244790
网　　　址：http://www.tjpress.com
E－m a i l：65244790@163.com
经　　　销：全国新华书店
印　　　刷：长沙印通印刷有限公司
装　　　订：长沙印通印刷有限公司

开　　　本：142 毫米×210 毫米　　　　1/32
印　　　张：39
字　　　数：841 千
版　　　次：2021 年 4 月第 1 版
印　　　次：2021 年 4 月第 1 次印刷

I S B N：978-7-5126-8676-2
定　　　价：398.00元（共九册）

张家界的灿烂年华

目录

竹溪村的青山绿水

    竹溪是湖南澧水中源一脉细细的支流，汇聚沿溪沟沟涧涧的山泉水后，从我们的村子中央穿过，日夜欢歌向东而去。村因溪名，唤作竹溪村。

    村里居民多为苗裔，五姓杂居，说不清从何处迁徙而来。村民秉持万物有灵的自然观，保留着崇拜树的风俗。我家不远处，有两棵上千年的香楠，是村里的标志，也是村民心目中的树神。"临溪插石盘老根，苔色青苍山雨痕。高枝闹叶鸟不度，半掩白云朝与暮。"很多人家的子女都寄拜给这两棵树，称其为"树父""树母"，逢年过节都要给它披红挂彩，上香祭拜。

    我小的时候，常听长辈说与树有关的故事。溪边有棵大枫树，树干挺拔，高耸入云，需三四人牵手合抱。后来被两个年轻气盛的小伙子砍倒炼钢铁去了。独木桥边有几株老粗的垂柳，真可谓"碧玉妆成一树高，万条垂下绿丝绦"，可惜一场特大山洪把它们连根拔走了。几棵正值盛年的香楠，被城里来的干部看上，软磨硬缠，解成木板去做柜橱衣箱。山边的几棵红豆杉，有人连夜偷偷锯倒运走，不知去向，村里人沮丧懊恼了好长一段时间。一棵大杉树，掐头去梢用斧头把树身斫平，搁在竹溪上，就是一座供村民来来往往的独木桥。我有时陪父亲上山，走着走着，父亲忽然停下来对我说，这个地方过去树木密密匝匝，全是栎树、梓树和杉树，不见天日。他在这里几次遇到猫子（老虎），气都不敢出，好吓人。这些曾经长在村子某处而消失的树，一直活在老辈人的心里。在他们绘声绘色地讲述中，我心里也长着一棵棵生机盎然、青翠葱茏的大树。

村子里过去是清一色的吊脚楼，全是上好的木料建成。竹溪村《上梁歌》里唱："一百根柱头落脚，九十九块串方，沉香木做中柱，娑罗树做主梁。"可见名贵木材遍地都是。我家的百年老屋拆除时，发现烟熏火燎、黑咕隆咚的梁木、柱子，竟是上好的楠木，斧头砍开，异香扑鼻，真是"松柏楼窗楠木板，暖风吹过一团香"。

村里人和树不离不弃。新屋落成，房前屋后种上桃树李树，枇杷柚子；女儿出生，园圃墙边栽上香椿梧桐，梓树杉树；长辈仙逝，老人墓前植上松柏红榧，银杏香樟。竹溪还是远近闻名的油茶之乡，油茶树遍山遍岭，果红叶绿，蔚为壮观。木槿织成的绿篱，枳壳围成的隔断，茶树站成的界桩，生动又有诗意。周末，我们从几十里路远的学校回家，远远望见家门口灼灼其华的桃花，就赶跑了疲劳；吃过团圆饭，还不忘为屋边的果树喂年饭，你问我答之间，充满期颐和喜悦；三五成群的伙伴，一起走进油茶林深处，摘回遗漏的茶果交给学校，作为勤工俭学的收入。村里树多鸟就多，野兽就多。麻雀偷了田里的稻谷，乌鸦啄了山中的苞谷，野兔啃了坡上的豆苗，野猪拱了地下的红薯，都是稀松平常事，村民没有一句怨言。野猪与家猪交配，青麂下到溪边饮水，野羊和山羊同群，往往成为村民茶余饭后的谈资。

从树根下草裙边涌出的汩汩泉水，经过沙壤土的过滤，汇聚到竹溪里，清澈甘洌，纯净绵长，常年不涸。溪水在村中舒缓曼妙地款款走过，白云在天上飘，也在水里漂，鸟儿在空中飞，也在水中飞，让你分不清哪儿是天哪儿是水。清凌凌的水哺育着竹溪的子民，滋养着两岸的庄稼。那水掬起来就喝，凉爽中透着丝丝甜味，甜到心里去。那水用来磨豆腐，嫩白细腻，吹弹可破；拿来酿酒，丰满醇厚，回味悠长；舀来烹茶，香气飘逸，芬芳怡人。早些年，我写过一篇《竹溪》的散文，说竹溪水富含多种矿物质元素，适宜开发矿泉水。文章发表后，竟有远天远地的读者打来电话询问合作事宜。竹溪流经之处，有许多深浅不一的水潭，水潭中到处都有叭叭鱼、刁子鱼、鲫壳子，偶尔还发现乘凉的娃娃鱼。那里是孩子们的天堂，一到暑假，成天泡在水里洗澡、摸鱼。曾听大人这样夸海口：竹溪的鱼多，把锅架在灶上，再去溪中捞鱼都不迟。好像那溪潭就是自家的鱼池鱼缸。

竹溪的好山好水，也曾受到伤害。大炼钢铁时，成片的树木化为青烟；以粮为纲的年代，一座座山头变成火畲地；还发生过哄砍集体林的痛心事；毒鱼的事也屡见不鲜。有道是出来混终究要还的。二十几年前的一场罕见大水，如暴怒的狮子发威的老虎，在村子里横冲直撞，破堤毁田，淹房倒屋。经历这场惨痛,竹溪人害怕了,也更明白了:我们千万不能丢掉老祖宗的自然观。

从那时起,竹溪人虽不大晓得保护生态的大道理,但骨子里喜欢种树的传统基因又满血复活了。他们开始退耕还林,开始天然林保护,开始能源革命。一年又一年,种粮食的坡地种上了树,裸露的土地变成了油茶林。家家户户做饭的燃料也改成烧沼气烧煤,现在用电用液化气。一棵棵树高了粗了,一片片林大了深了,一座座山绿了青了。村里还想法疏浚淤塞的溪沟,修复毁坏的堤岸。多年前,村支书还给我们这些在外工作的竹溪人派任务,要为村里献计献策,尽心尽力。我曾托人给村里弄了一些香樟、桂花树苗,栽在竹溪的堤岸上。现在香樟和桂花树干已有碗口粗了,长得蓬蓬勃勃。有青山必有绿水,竹溪日见丰腴健硕,潭阔水蓝,细鱼小虾自由自在。

竹溪按时下的做法,它还够不上确定一名领导任溪长,但村里花钱聘请了固定人员,专司监督管理,捡拾垃圾,禁毒鱼、电鱼等职责。回村时,我喜欢和乡亲们聊天。他们津津乐道的是哪天在山上拣了多少枞菌,在哪座山上发现了狗熊的踪迹,在哪片树林碰见了几头野猪,在哪个角落捡回一窝野鸡蛋孵化,有趣而朴实。他们对村里树木茂密、空气清新、溪水甘甜、鸟兽成群的环境越来越满意,说这些花大价钱都买不来。这不就是望得见山,看得见水,记得住乡愁吗?

今年清明节,我回竹溪村为父母扫墓。看见有人在竹溪堤岸上补植紫薇,不少人家在栽木瓜树苗。我问其故,村支书告诉我,堤上种紫薇,是要美化溪岸,木瓜是村里重点发展的产业。村里谋划再努力苦干实干几年,引进更多的花卉苗木,把竹溪村建成花团锦簇、竹木滴翠、蜜甜果香的新农村。

　　祭扫完毕,我站在山上环视竹溪村,蓝天高远,青山含黛,溪水清亮,蜂蝶恋花,百鸟鸣唱,静谧祥和。一群白鹤从远处飞来,悠然落在竹溪边觅食,几只燕子划着漂亮的弧线盘旋,恰似当下流行的抖音、快闪。"江碧鸟逾白,山青花欲燃。"我的耳畔响起人民领袖的话:"环境就是民生,青山就是美丽,蓝天也是幸福。"无疑,竹溪村是美丽的,村民也是幸福的。这种美丽和幸福来之不易,唯愿天长地久,地久天长。

十八洞的树

初夏的一天,党支部组织党员到湘西十八洞开展主题党日活动。我已是第二次去,却依然按捺不住心向往之的激动,早早赶到单位,生怕迟到落下。

天下着细雨,车沿着张花高速公路奔驰。一路山色碧翠,禾苗新绿,枇杷油黄,飞瀑跌涧,云雾缥缈,美不胜收。大家兴致很高,欢歌笑语不断。

车行两个半小时,我们来到了十八洞村的梨子寨,这是一个普通平凡但令人心生温暖的苗家小寨。原汁原味的木板房,笑靥如花的乡亲们,此起彼伏的苗山歌,铿锵激越的苗鼓舞,人来人往的石板路,饭菜飘香的农家乐,无不印证着精准扶贫的成就和辉煌。青山为屏,大地作证,十八洞村成为"精准扶贫"的首倡地、中国精准扶贫的经典样本。

后来有一位作家描述这里一棵高耸入云、有着三百多年树龄的梨树。我第一次来到这个晒谷场上,周围没有看到梨树,只有三棵挺拔笔直的枫树和一丛青葱嫩绿的翠竹。这次来,晒谷场已改名精准坪广场,场中立了一块大石碑。我在广场上徘徊,看到的依然还是那三棵枫树和一丛翠竹。我心里纳闷,这寨子叫梨子寨,作家说有一棵三百多年树龄的梨树,我却没有看到梨树,难道这是空穴来风?我沿着广场边的青石小道向一个小山包走去,绕过小山包往前走几步,忽然发现一棵高耸入云、枝繁叶茂的梨树站在那里。梨子寨的由来,也许缘于这棵梨树。作家也没有虚构,只是在笔下把它稍微挪动了位置。仰头看,能见枝叶间挂着数不清的青青果实。春天,梨花盛开,满树洁白的梨花芬芳四溢,花瓣飘落似漫天飞雪,惹人喜爱又怜爱。十八洞日新月异的扶贫故事,如这朵朵梨花青青果实,讲不完,听不厌,看不够,品不尽。

我转了一圈,又回到精准坪广场。站在三棵见证了永恒历史时刻的枫树下,远眺沟壑纵横、峰岭勾连、深远辽阔、瑞岚升腾的大山,顿生精骛八极、心游万仞、视接千载之豪情,仿佛站到了一种全新的高度。大树来自土地,根深叶茂,头顶苍穹,深吻蓝天。这树义薄云天,连天接地,上下一气,在这样的环境下议大事做决策,正可谓天时地利人和。

我沿着新铺的柏油路漫步,看见路边陈列着无数叫不上名字的大树,忽然来了兴趣,便仔细去看挂在树身上的标识牌。有一种树叫紫弹树,我第一次知道这树的名字,误以为是紫檀树。当即用手机百度一下,原来是不同的树。紫弹树是榆科朴属植物,落叶乔木,常常长在山坡上山沟边,或者杂木林中。十八洞的环境正适合它生长。路边还有一棵光皮梾木,树干挺拔,树皮斑驳。它是一种多用途油料树种,有人说它"长油生金",而我看到它更多的是作为砧木,嫁接其他植物后成为行道树和庭荫树。一棵大可合抱、叶似香椿的树，身上缠满常青藤，这树叫黄连木。它树冠浑圆，枝繁叶秀，早春嫩叶红色，秋叶深红或橙黄色，观赏价值极高。黄连木一名楷树，自古是尊师重教的象征。黄连木的花语寓意"大器晚成"。相传孔子去世后，其弟子子贡在墓旁"结庐"守墓六年，又把从卫国移来的楷木苗植于墓前。《淮南子·草木训》说："楷木生孔子冢上，其木枝疏而不屈，以质得其直也。"后来人们把楷木和模木合称为楷模。一棵女贞，高达十余米。我暗暗吃惊，过去只见过作为街道、庭院绿篱的矮小女贞。"女贞之木，一名冬青。负霜葱翠，振柯凌风。故清士钦其质，而贞女慕其名。"李时珍讲得明白："此木凌冬青翠，有贞守之操，故以贞女状之。"女贞的花语就是"永远不变的爱"。

十八洞到处可见枫树。枫叶手掌般大小，叶柄细长，轻风起时，枫叶摇曳不定，奏出"哗啦哗啦"的韵律。"枫树"就是"风树"。枫树结的果，成熟后开裂为有翅的两半果，乍看之下，极似落在树上的无数蝴蝶，有人叫作"蝶仔花"。枫树最美的时候是深秋，一树树一山山一岭岭火红的枫叶，就是上帝在十八洞恣意泼洒的油墨，浓墨重彩，次第铺开。杜牧的"远上寒山石径斜，白云生处有人家；停车坐爱枫林晚，霜叶红于二月花"，几乎就是十八洞的私人订制。

十八洞人深深爱着这些与他们朝夕相伴的树。村里的规矩就是"敬重天地，孝敬父母，尊重生灵……不要放火烧森林，不能拿刀刮树皮……"这些不仅是十八洞人安身立命的基本规矩，也是处理人与人、人与自然的基本要求，更是体现自身修养和文化涵养的起码要求。简单朴素的规矩，蕴含着质朴而深刻的文化底蕴。这种文化底蕴是深入骨髓和血脉的。苗绣暗色底布上绣着日月星辰、虫鱼鸟兽、花草树木,古朴绚丽,伴随终身。这是十八洞人与大自然和谐共处的最好例证。

走着看着,看着想着。我想起了 2017 年第十三届中国文博会大湘西非遗馆内,80 岁的工艺美术大师龙正贤展示了一棵他用鹦鹉螺化石制作的"摇钱树",他自豪地介绍:"我来自十八洞村,这棵树,是来自十八洞村的精准扶贫树。"他认为,表达苗家儿女对精准扶贫政策的感激,对中国共产党的感恩,用鹦鹉螺化石制作一棵摇钱树,是最贴切的方式,因为精美的石头会唱歌。

的确,十八洞的树都是摇钱树。漫山的五倍子、野樱花、黄连木,都是上天赐予的天然蜜源,于是十八洞有了远近闻名的"金兰蜜"。荒山坡地种上了黄桃,4000 多棵桃树被远方客人认领,金灿灿的黄桃声名远播。猕猴桃在我的家乡竹溪称作杨桃树。十八洞在湖光山色的紫霞湖边一块平地上,栽下 1000 余亩猕猴桃树,村民变股民,2019 年人均分红 1500元。面对十八洞的绿水青山,十八洞旅游公司副总经理施进兰自豪地说:"鸟儿回来了,鱼儿回来了,虫儿回来了,出外打工的人儿回来了。"

人是行走的树,树是扎根的人。树就是人,人即是树,和谐浑然,这就是自然。人与农田、人与动植物、人与溪流山丘等,都是这种状态和这种关系,充满了诗意。诗意的栖居是多么令人向往和美好的事情。

十八洞的树就是不一般。

土地的颜色

有一句歌词"我家住在黄土高坡",民间亦有"脸朝黄土背朝天"的说法。人的生命融入土地后,最后的结局是剩下"一抔黄土"。由此可见,土地的主色调是黄色,在一般人的眼里,这种色彩带有单调和悲凉的味道。

其实,土地的颜色并不单调。土地是神奇多彩的,她是所有陆地生命的家园。古人说的"大块文章",不是今天所指的作家或学者写出的长篇巨著,而是指大地上的斑斓景观。这可以从李白的"况阳春召我以烟景,大块假我以文章"中得到权威性的证明。"大块"就是大地,"文章"是指错综复杂的色彩花纹。我们有"五色土"的叫法,还有黄土地、红土地、黑土地的分类,说明土地五彩缤纷,迷幻多姿,娇娆动人。

面对地图,就是面对五色焕然的土地。而实实在在的土地,其颜色要比地图上的色彩丰富得多,复杂得多。在喜马拉雅山上,土地是银色的,呈现白皑皑的景观;在西部广阔的沙漠里,土地是苍黄的,留下无穷的关于生命的思索;在东北广衰的原野中,土地是黑色的,把丰收和喜悦送给人间;在南方的丛山丘陵中,土地是绿色的,孕育着无限生机和希望;在坦荡无垠的平原里,土地是金色的,现代神话正在天天演绎;在革命老区,土地是红色的,培育了伟大的民族精种。

春天的土地上,金黄的菜花、殷红的杜鹃花及各色的野花铺天盖地。夏天的土地上,浓绿的草木、深蓝的河水、火热的阳光写满山川。秋天的土地上,金色的稻浪、橙黄的水果、红红的高粱透着喜气。冬天的土地上,晶莹的霜花、洁白的山川、银色的世界玲珑剔透。

土地不仅表面上璀璨耀眼,而且其内心也藏着一个缤纷的世界。黄灿灿的金子、清亮亮的石油、灰色的铅和铁、乌黑的煤、翠绿的翡翠、血红的玛瑙、亮晶晶的宝石等都是土地本身的颜色。

如今,银色的冰川在消融,大地上的绿色在减少,黑土地正在流失,黄土地上流走的泥沙危及千里沃野,白花花的盐碱地挤走了良田肥地,苍黄的沙尘暴席卷城市村庄,地下宝藏乱采滥挖……这样的举止,如果任其发展,我们赖以生存的土地就会真的变得色彩单调,不再神奇。人类将会面临严重的环境危机。

我们只要对土地带有一份感情,就会觉得它是一个斑斓的世界。陆地生命的多姿多彩,源于神奇的土地。保护土地的颜色,就是保卫地球的蔚蓝色!

丰富多彩的土地,孕育一个美丽的主题……

最爱庸城花木深

澧水上游的原大庸市,因张家界国家森林公园和张家界地貌改名为张家界市。而本地不少人很怀旧,至今仍称其为庸城。

——题记

白玉兰

一跨入春天的门槛,不时看到微信朋友圈里有人晒出三五成群户外追春赏梅的照片,好像早春料峭的寒风里,只有梅花凌寒独开,传递着春的讯息。

我不必跑很远的路去赏梅。有一种开得热热闹闹的花,和梅花开放的时间差不多,我坐在桌前,稍稍抬头望向窗外,就能与其对视。这花朵朵向上,满头顶雪,幽香清远。她就是被齐白石先生称之为"草木知春君最先"的白玉兰花。

我供职的机关院内临街处,种有四株白玉兰。一株孤植,三株群植,株株高约 10 余米,树干挺拔修长,枝条疏朗劲直。我办公室的窗户正对着其中的一株,站在窗前,即可平视她的伞形树冠。我默默地观察了两年。时序一进入立春,寒风细雨中,白玉兰枝头悄悄吮露孕蕾,如玉瓶,似笔尖。不几日,展苞怒放,满树繁花,粉妆玉琢,密集浓烈,银花玉雪,饱满丰盈,给春天最先带来勃勃生机。白玉兰冒着凛冽的寒气从容淡定地开放,故有"迎春花""望春花""玉堂春"等别称。还因其花苞像毛笔头,又称"木笔花"。

白玉兰是常见的庭院植物,属木兰科落叶乔木,原产我国长江流域,人工栽种已有 1500 多年历史,是我国名贵观赏树种之一,现在世界各地均可发现其俏拔的身影。古时,植物分类没有今天这样详细,人们把她和类似的几种花统称为木兰。屈原《离骚》"朝饮木兰之坠露兮,夕餐秋菊之落英"诗句中的"木兰"是不是指白玉兰,尚未可知。家喻户晓的巾帼英雄花木兰,其名木兰,很可能是以白玉兰自喻。唐诗云:"但有一枝堪比玉,何须九畹始征兰。"有人认为这是玉兰名字的源头。白玉兰先开花后长叶,一枝一花,花朵硕大,似莲像杯;一花九瓣,瓣片肥厚,散向四方。其花温润如玉,清香若兰,不遮不掩,大俗大雅,洒脱大方,展露着高洁清纯宠辱不惊的气质,透显着积极向上一往无前的孤寒。因此,白玉兰的花语是"冰清玉洁"。

白玉兰的花期不长,只有十多天的样子。但她优雅地开,沉静地谢。开时,雅致富贵,姣俏素净,风姿绰约。谢时,二分尘土,一分流水,摄人心魄。有时,我中午从食堂出来,慢慢踱到树下,静听花开花谢的声音,看微风中似白色蝴蝶轻轻飘下的花瓣,感受春天的心跳。我拾起散落在树下麦冬草里的几片花瓣,柔韧光滑,带有蜡质般的光泽,一缕淡淡的清香氤氲入鼻。

白玉兰不仅花朵摇曳多姿,好看好闻,而且具有极高的实用价值,特别是她抗霾吸尘能力超强。据研究,玉兰树周边70米以内的空气可以达到"天然氧吧"的清洁水平,在人们日益饱受雾霾尘埃之苦的生存环境里,白玉兰树因其拒污自洁的特性,无疑是城市绿化庭院的首选树种之一。1983年,上海市经市民投票,将白玉兰选为市花,足见上海市民对白玉兰的钟情和喜爱。北京新华门号称中国的国门,门前种有玉兰,三月中下旬即开花,是北京一年中开放得最早的花。我的住处离单位较远,下班后,常常沿澧水河堤慢慢走路回家。河堤两岸种植了很多樱花,开放时当然很漂亮。而白玉兰呢,除了我单位的几株外,我再也没看见她的倩影。有时我就傻傻地想,在我们的城市绿化中,白玉兰不该缺位,决策者为什么不挑块地段种片白玉兰呢?这可是我们自己的观赏树种啊!

白玉兰自古至今,备受文人雅士、丹青妙手的青睐,入诗入文入画。白玉兰花洁白芬芳,神采奕奕,表露爱意,代表着报恩感恩。有诗云:"新诗已旧不堪闻,江南荒馆隔秋云。多情不改年年色,千古芳心持赠君。"明代文徵明有一幅《玉兰图卷》,现收藏于纽约大都会艺术博物馆。他落款时特意注明:"庭中玉兰试花,芬馥可爱。"他还写有一首七律《玉兰》:"绰约新妆玉有辉,素娥千队雪成围。我知姑射真仙子,天谴霓裳试羽衣。影落空阶初月冷,香生别院晚风微。玉环飞燕元相敌,笑比江梅不恨肥。"从其诗画里,我们知道文徵明庭院里种有玉兰,他对玉兰树特别钟爱,也窥见了其生活情趣。2011年,我国赠送给英国布莱尔夫人的国礼,是一幅《皎皎白玉兰》国画。画中一株粗粝劲拔有棱有角的白玉兰树枝头,大朵大朵的玉兰花,开得奔放挺括,花瓣丰腴瓷实。有人问作者为何要画这样一幅画,作者说白玉兰又高又直,花姿美丽,洁白如玉,香如幽兰,代表着中国人民的气质和精神。

我单位院里的几株白玉兰,早早带来浓浓的春意。

栾树

澧水边的这座旅游新城,正在建设生态城市和森林城市。几年之间,知名的不知名的花草树木,从四面八方懵里懵懂撞进城来,站在街头路边院里,装扮美化着这方水土。

站在我家临街的阳台上,斜斜望去,就可看见街中的花坛里,长着一溜10余米高的树,数了数,一共9棵。它们枝牵叶偎,冠圆荫浓,站成一道高高的绿篱。夏秋时节,树上开出细碎的金黄色的花,有淡淡的清香,开着开着,慢慢结出橙红色的蒴果,满头满脑都是,灿若云霞,煞是好看。后来,我稍一留心,发现在我生活的这座城市里,到处都有其身影。这种树,我叫不出名字,以为是乡下常见的毛椿树或蓓子树,仔细分辨又不像。我为此请教一位学林业专业的同事,方知道这种树叫栾树。一次参加生态城市创建会议,在会议资料里看到介绍,我们这座城市的绿化树种主要是栾树、紫薇、银杏和樟树。栾树竟扮演这么重要的角色,我不禁对它刮目相看起来。

栾树是一种落叶乔木,株高可达十几二十来米,皮厚色灰,羽状复叶,树冠似球。栾树是理想的绿化、观叶树种,宜做庭荫树、行道树和园景树。栾树有很多别称。她的蒴果呈三角状卵形,顶端尖、内部空,外面包裹着三片黄绿色像纸似的果皮,犹如一盏盏灯笼高挂枝头。待进入秋季,栾树蒴果逐渐成熟变为橙红色,即使冬天树叶全部凋谢,那蒴果依旧悬挂在树上。人们便把它叫作灯笼树,倒也贴切形象。我有时走在栾树下,看见满树红灯笼,就痴痴地想,如果夜里通上电,让那一盏盏红灯笼都亮起来,朦胧虚幻,分不清是天上还是人间,该有多美。栾树的蒴果高挂枝头,迎风晃动,哗哗作响,好似铜钱"嘀里叮当",有人看到其珠光宝气,有人看到其富贵雍容,便理所当然地叫为摇钱树。台湾人十分喜爱栾树的细碎黄花,飘落时像金色的雨丝,龙吟细细。树以花荣,故称金雨树。

中国是个十分讲究等级和礼仪传统的国家。比如在自然界繁复多样的色彩中以"黄"为贵,中华始祖黄帝曾说"土气胜",土为黄色,黄为土色,故色尚黄。在这种传统文化熏陶影响下,中国人眼中的颜色是有等级之分的,黄色最尊贵,红色次之。从隋唐开始,黄色为皇家专用颜色。唐朝三品以上官员穿紫色服饰,五品以上官员穿红色服饰。正所谓"满朝朱紫贵,尽是读书人。"我们在日常生活中,看到一些人很受器重,或者一些人十分走红,我们就会说其"大红大紫",其出处也源于此。那些官员在位时服饰颜色有这么多讲究,那么死后的等级礼仪又有哪些规矩?规矩多着呢。就说墓前植树吧,都有严格的树种规定。《周礼》载:"天子树松,诸侯柏,大夫栾,士杨。"按照规矩,大夫墓前只能栽植栾树,所以栾树又叫大夫树。栾树因其树冠圆大,花色金黄,蒴果惊艳,逗人喜爱,人们也不管它是不是墓前树,照样栽在房前屋后,庭院街头,表现出一种豁达和开明。

我家房子装修正值夏季,常和老婆一起到建材市场去选购材料。建材市场外有几颗高大的栾树,枝叶密密匝匝,荫翳覆地,一棵树就可一手遮天。在树下行走,凉风嗖嗖,古意森森。中午时分,累了或饿了,要么在栾树下歇歇脚乘乘凉,要么在栾树下的小摊上来碗炒饭。坐在树下,仰着头,从密叶缝里看那一点一点的青天。树上不时有细细的花瓣窸窸窣窣落在头上、颈中、脚下或饭碗里。那花瓣碎碎的、黄黄的,基部有一点鲜红,可爱动人。

国庆假期,天气凉爽,我带着小外孙到樟树角公园去游玩。我俩坐在一棵栾树下的草皮上,发现面前有风吹落的三角形蒴果,便捡了几颗架在各自的鼻梁上,你看看我,我看着你,轻轻刮着对方的鼻尖,互相戏称"疤鼻子",然后眯着眼睛望着对方做着鬼脸,"呵呵"地笑。

当初不知其名的栾树,其实是一种古老的树种,稍稍留意,我们就会在古典诗文里觅得其芳踪。《山海经》里就这样描述:"大荒之中,有云雨之山,有木名曰栾。禹攻云雨,有赤石焉生栾。"云雨山里的红石绿树,云缠雨戏,确实美到极致。唐代张说也咏道:"风高大夫树,露下将军药。"这大夫树就是栾树。树高风大,将军倚马,皆是高大生猛的形象,豪气干云，义薄云天。清人黄肇敏看见秋天的栾树簇簇火炬高举，满树红艳，尽管不知这种树叫啥名，亦难掩心中喜爱之情，待仔细观察后情不自禁赋诗一首："枝头色艳嫩玉霞，树不知名愧亦加。攀折谛观疑断释，始知非叶也非花。"

栾树不仅仅用作绿化，其用途很广泛。叶子和花可作蓝色和黄色染料，花还可药用，种子可榨油，木材可做家具。我的案头有两本书，一本是《中国野菜图鉴》，一本是《中国野菜识别与食用图鉴》，里面都把栾树作为木本野菜之一加以介绍，说其春天里长出的嫩芽可食用。将嫩芽叶焯水后，淘净，去掉苦味，可炒、可凉拌、可做馅，也可裹鸡蛋或面粉油炸。我没有吃过栾树的嫩芽，不知味道如何。我想不会好过乡下的香椿芽。明朝《救荒本草》里说栾树"开淡黄花，结薄壳，中有子，大如豌豆，乌黑色。人多摘取，串做数珠"，原来栾树的种子还可做成串珠把玩。今天很多优雅之士，手中常把玩着黄花梨、沉香、金丝楠做的手串，却没发现有人把玩栾树种子做成的手串。如果哪天有人真的拥有这样一串手串，不时把玩，倒是别有一番意趣。

我估计还有很多人叫不出栾树的树名，就跟我们住在同一小区的许多邻居，经常碰面，却叫不出姓名一样。但这无关紧要，栾树不嫌贫爱富，不攀高屈低，依然安安静静地站在那里，做我们实实在在的亲戚和邻居。

紫薇

从夏天到秋天，上班时，我坐公交或步行，早出晚归，在南庄坪和西溪坪之间穿来梭去。顶骄阳,踏暑气,流热汗,不乏奔波之苦。沿途幸有碧波荡漾的澧水、荫翳葱茏的草木做伴,亦心舒情悦。但最养眼提神的还是河堤边花坛里无处不在、久盛不衰、蓬勃热烈的紫薇。

好多年前,我们村里的一位女老师,不知从哪里弄来一株碗口粗的紫薇,栽在自家木屋前的稻田边,任其自由生长,高过屋檐。进入夏季不久,那紫薇就慢慢开花,最盛时,满树繁花,轰轰烈烈,热热闹闹,引得左邻右舍、大人小孩驻足观光,惹得黑蜂蝴蝶、麻雀蚂蚁你来我往。偶有串乡的照相师傅来,姑娘媳妇们都喜欢选取红红火火的紫薇树作为背景,花映人面,笑靥如花。后来,这棵紫薇被小学校长看中,动员那位女老师捐给学校,女老师无奈,只得让校长派人挖走栽到学校的围墙边,每年开成一道风景。开过几年花后,一天半夜里,被人偷挖走了。这棵紫薇树最后不知所终。当时我们还不知道这种树叫紫薇,只知道它那光滑的树干刚劲虬曲而又特别敏感,用手轻轻一挠,立即枝摇花颤,头摆腰扭。我们按照实用主义的原则,把它称作痒痒树。一天夜里,我和朋友小酌归来,看见院子里有几株紫薇,趁着微醺,有了兴致,便来到树下,用手轻轻挠着紫薇的树干,照样枝动花抖,沙沙有声。

紫薇是一种小乔木,也是一种神奇的花木,喜光喜肥,耐寒耐旱。它的树干表皮脱落后,筋脉挺露,光滑洁净。紫薇枝条纤细,花色艳丽。它夏日里开花,一直开到秋的深处。汪曾祺先生甚至说:"在飘着小雪的天气,还看见一棵紫薇依然开着仅有的一穗红花。"紫薇的花期很长,宋代诗人杨万里赞道:"谁道花无红百日,紫薇长放半年花。"

　　住在城市河堤花坛街边的紫薇,比住在乡村田野里,无形中要多遭罪,多受限制。它日夜经受尾气的熏陶,饱受城市热岛效应;长到一定高度,就会被残忍地削头剁枝;为了满足人的某种欲望,常被痛苦地扭曲修剪成各种造型。植物书上说它可高达7米多,城里的紫薇很少长得这般高。但它们适应性很强,一旦在城里安居下来,就会让自己活得清雅古韵,花红满堂。紫薇不怕高温,不惧骤雨。烈日炙烤不令花容失色,风吹雨打不显七零八落。紫薇的枝条有的坚挺,那花就如红红的高粱熊熊的火把;有的横逸,那花就像绒绒的绣球丝绾的心结;有的纷披,那花就似熟透的葡萄喜气的灯笼。紫薇花比较特别,看上去密密簇簇的一团,以为那是无数细碎的花朵组合而成,待你仔细分辨,紫薇花每朵都挺大,有6个花瓣,瓣边皱缩,每瓣似一柄表演用的丝质小扇。几朵花花瓣相交相叠,拉扯拥吻,稍显凌乱,故紫薇花只适宜远观。紫薇花我以为就是紫红色。从街上走过,发现除紫红色以外,还有紫蓝色、火红色和白色的。花色繁复,有艳丽如霞者,有热情似火者,有深沉典雅者,有微带茧色者。正巧我手边有本《长物志》,闲时乱翻,竟有意外收获。在《卷二·花木篇》里,对紫薇作了这样的介绍:"薇花四种:紫色之外,白色者曰白薇,红色者曰红薇,紫带蓝色者曰翠薇。此花四月开九月谢,俗称百日红。"茅塞顿开,原来是这样。我们容易犯经验主义错误,以貌取人,望字生义。如映山红,以为其花为红色,其实除红色外,还有紫色、白色、粉红色甚至黑色的,我们都把它叫作映山红。

我国唐朝时,紫薇乃花中富贵者,一般种植在宫苑、官衙中。唐代的最高行政机构中书省,院内就栽种了很多紫薇。唐玄宗笃信紫薇花有压邪扶正之妙用,便将中书省改为紫薇省,中书令为紫薇令,紫薇成了中书令和中书侍郎官职的代名词。以花来命名一个行政机构,在我国历史上空前绝后,绝无仅有。大诗人白居易一边做着中书郎这样的大官,处理政务,一边抽空咏诵作诗,既有几分得意,也有几分孤寂。在紫薇省当值时,闲得有些无聊,便作诗:"丝纶阁下文章静,钟鼓楼中刻漏长。独坐黄昏谁是伴? 紫薇花对紫薇郎。"后来,紫薇慢慢走出深宫大院,遍植大江南北。传说紫薇花是紫微星留在人间的化身,能给民间带来平安和美丽。如果家的周围开满了紫薇花,紫薇仙子将会给你带来一生一世的平安幸福,紫薇便成为普通民众喜爱的花木之一。宋代陆游就感叹:"钟鼓楼前官样花,谁令流落到天涯。"这里的"官样花"就指紫薇花。过去种在深宫官衙的紫薇,而今已流落民间、走向街头,长在钟鼓楼前了。这也是诗人借紫薇花身世变迁来排泄自己官场失意的不满之情。

人常说:"生如夏花之绚烂,死如秋叶之静美。"只要留心,就会发现,夏花很少,在澧水边的这座旅游新城里,夏天开得华丽浓艳、绚烂缤纷的花木,唯有紫薇。偶尔到乡村田野去走动,屋边溪畔、田间地头、路旁堤上,也只有紫薇子子怒放,让人神清气爽,眼前一亮。紫薇在夏天开放,花期的尾巴在秋天也拖得很长,丰富着城乡的色彩,可谓独占夏天的鳌头。紫薇虽然孤傲寂寞,但它没有自甘湮灭,也没有追求惬意闲适,反而因寂寞更明快,因明快更绚烂,因绚烂更芬芳。

作家阿来说:"一个城市是有记忆的。凡记忆必有载体作依凭。然而,当一个城市的建筑不可能再来负载这个城市的记忆时,那么,还有什么始终与一代代人相伴,却又比人的生存更为长久,那就是植物,是树。"在一座城市里,我们不可能走进每一幢大楼,也不可能记住每栋建筑的模样,唯有这些生活在城市角角落落的花草树木,如樱花、李花、桂花、鸽子花、紫薇花们,能给我们每个人带来柔和的气氛、浮动的暗香、贴心的美感、共同的荫庇和深长的记忆。我们要以谦逊的姿势、低调的做派、平等的心态走进它们,了解它们,亲近它们,同其朝夕相伴,美美与共。

银杏

银杏是乡村的贵族。高大、挺拔、华美。

银杏在我的家乡叫白果树。民间歌谣云:"白果垭上长白果,白果树下好人家;生个儿子会读书,生个丫头会绣花。"乡下的耕读人家选定傍白果树而居,是把白果树视为神树和福树。家乡的山中野岭、庙前祠后、屋边桥头,时常能看到一棵或几棵白果树高高地站在那里,一树参天,苍劲肃穆,浓荫广覆,果实累累。一到白果成熟,我们便呼朋引伴去捡白果,用石头砸开,吃里面的核仁,滋味甘美,我们认为是天下最好吃的果品。大山里有所小学,操场正中长了一棵五六人合抱的银杏,每年结下的白果能卖上好几千元,是学校一笔不小的收入。后来,这学校干脆改叫白果小学了。

银杏树是我国独特而古老的树种,是世界上现存最有名的孑遗植物之一，已经存在 34500 万年了，被誉为"活化石"和"植物界的大熊猫"。在张家界一带，躲过第四纪冰川运动的动植物只有银杏、珙桐、红豆杉和娃娃鱼等。银杏经过大浪淘沙，代代单传，没有同门兄弟，属于单科单属单种的植物，植物学上的银杏科就其一棵独苗。它广泛种植在宅院、祠堂、文庙、行道和园林中。我曾在少林寺内看见几棵粗壮的银杏，估计树龄在千年以上，树身上有很多大小不一的黑洞，像一只只眼睛。导游告诉我，那是一代代武僧在树上练功留下的痕迹。这几棵高龄银杏不管世事变迁，风吹云动，却岿然挺立，忠诚地记录过往的时光。此时正是金秋十月，少林寺的银杏遍身金黄，以最美的姿态、惊艳的色彩，展露着禅意，迎接四面八方游客的到来。

澧水边上的这座旅游新城，这几年建起了文化广场、市民广场、沿河观光带等休闲场所，数以千万计的花草树木呼啦啦涌进城来，便有了樱花带、紫薇路、樟树园、桃花林。作为乡间贵族的银杏，而今，它如千千万万生活在青山绿水、田园牧歌式乡村的农民一般，向往着山外的世界。它们缠着金黄的稻绳，带着乡间泥土的芬芳，坐着大卡车离开乡土，闯进城来，或伟岸或瑟缩地站在陌生的某一处。于是，文化广场就有了碗口粗的银杏树成百上千地群居，也有水桶粗的银杏树在市民广场、沿河大道独居。无论群居抑或散居，每棵银杏树都想活得云冠巍峨，葱茏庄重，大气娟秀，"风光添野景，黄叶缀成林"，尽量活出独有的气质。也许是还没适应城里的环境，我偶尔从这些树下经过，觉得它们活得还不太舒心。

城内一处民俗景点的大门两边，植有几棵合抱粗的银杏。每次步行路过，我都要停下来看它们是否缓过劲来。这几棵树不知来自哪里，树梢被削，树枝被剁，树皮皲裂，像几根电杆戳在那里，长出的新叶稀疏单薄，了无生气。主人还是很关照这几棵树的，每棵树的四周用粗粗的木棒撑着，有的还用铁丝拉着，防止大风刮倒或是人为碰倒。有的树上还吊挂着好些塑料瓶袋在输液。我看着看着，就替这几棵银杏心酸和心痛。看那躯干，也该在野地里生活了几十年，后来被喜爱它的城里人看上，才不明就里地迁移到这里。初来乍到，水土不服，整天蔫头巴脑，远比不上生活在野地里那般自在，那般旺相。适应和融入是需要放低身段，需要时间的。做一棵城里的树真不容易。

银杏树体高大，树干通直，姿态优美，叶形古雅，寿命绵长，可自然净化空气，具有冬暖夏凉的特异功能，是市民青睐的景观树。人们不嫌它长得缓慢，一边小心呵护一边耐心等待它成长。银杏也不负众望，一年四季都在努力追赶时间超越自我。春天里，春风吹拂，春雨滋润，银杏枝头紫色的芽苞慢慢萌发、缓缓舒展，嫩嫩的叶片睡眼惺忪，鹅黄晶亮，薄如羽翼，故"银杏株叶扶疏，新绿时最可爱"。我们往往只注意银杏的叶和果，却极少留意它的花。李时珍说银杏"二月开花成簇，青白色，二更开花，随即卸落，人罕见之"。难怪我们把银杏看作乔木而不看作花木。夏天的银杏枝繁叶茂，生机勃发，那枝叶浓荫满地，遮风挡雨，消暑散热。人们喜欢在树下小憩，一边享受着丝丝凉意，一边对生活的城市评头品足说些风凉话。谁说草木无情？银杏树始终保持静默，从不插言从不外泄,一阵风过,是是非非烟消云散。冯骥才先生说"秋天从不表现自己,只是呈现自己"。我以为这话冯先生是对银杏说的。秋叶如花,秋叶胜于花。银杏那一身不含一点杂质的金黄色,美到极致,比花十倍百倍可爱,那么炫目张扬,那么惊艳高贵,那么悠然自得,那么宁静舒畅。"碧云天,黄叶地。"金黄的树叶脱离枝头铺满大地,不见凋零之相,反显落叶之美。我在公园广场散步,看见一树树金黄的银杏,就会油然想起乡村田野里一个个金黄的稻草垛,恍惚走进梦幻田园,牵出不绝乡愁。冬天的银杏卸掉华服,树身铅白色,树枝遒劲,直指苍穹,孤傲坚挺,凛然不可侵犯。它悄悄蓄积力量,来年又将呈现一场惊喜和美艳。郭沫若称银杏为"东方的圣者""中国文人的有生命的纪念塔",也许看重的更是它这一点。

银杏树叶美丽而富于特质,颜色随季节更替而变化,由春天的新绿浅绿到夏天的深绿墨绿再到秋天的柠檬黄金黄。叶子呈扇形对称,边缘分裂为二,在叶柄处又合二为一,故称二裂银杏叶,寓意着"一和二""阴和阳""生和死""春和秋"等对立统一的和谐,被视作"调和的象征"。银杏叶子还可以看作心型,又是爱情的象征,寄予两个相爱的人最后结合为一的祝福。德国伟大诗人歌德庭院里有一棵银杏,受其启发,他以《二裂银杏叶》为题,写下一首短诗,作为向其情人示爱的礼物。有几句诗这样写道:"它是一个有生命的物体,在自己体内一分为二? 还是两个生命合在一起,被我们看成了一体?"银杏叶子酷似鸭子的脚掌,"一名鸭脚,取其叶之似""鸭脚叶黄乌臼丹,草烟小店风雨寒"(陆游)"鸭脚生江南,名实未相浮"(欧阳修)"鸡头竹上开危径,鸭脚花中摘废泉"(皮日休),不难看出,唐宋诗人喜欢用鸭脚来称呼银杏。

早些年,看过一部叫《英雄》的电影,故事情节已记不清,却对两个红衣侠女在漫天黄叶飘飞的树林里上下腾挪、左右厮杀的场面印象深刻。那金黄的树叶犹如一场暴雪来袭,飘飘洒洒,纷纷扬扬,乱离迷眼,场景十分唯美。我以为飘飞的黄叶是银杏叶,有人告诉我那是胡杨叶。但我不以为然,认定那就是银杏叶,"满地泛黄银杏叶,忽惊天地告成功"。

郭沫若曾为银杏的青翠、莹洁、精巧、美真所倾倒,不惜笔墨写道:"梧桐虽有你的端直而没有你的坚牢;白杨虽有你的葱茏而没有你的庄重。""秋天到来,蝴蝶已经死了的时候,你的碧叶要翻成金黄,而且又会飞出满园的蝴蝶。"他大声疾呼,要把银杏定为国树。银杏为中国所独有,不是国树也是国树。

今年时令已进入夏季,我留心着庸城里银杏的生存状态。我欣喜地看见很多银杏树今年长得雍容大度,一派深绿,在微风吹拂下唱起生命的欢歌。它们在适应着环境,它们在改善着环境。

作家玄武说:"懂一点植物是幸福的事。每到一处,你自然会留意观察,时时得到小小的惊喜和快乐。"银杏从乡村贵族变身为庸城大众情人,时时会给你带来快乐和惊喜。与古老的银杏为伴,我们是幸福的。

一个为齐文化而生的奇人

　　憨仲兄和我,一个远在山东,一个身处湖南,是一对从未谋面的本家兄弟。是文学为我们牵上了线、搭起了桥,我们常有微信联系,偶有电话问候。我经常从微信上看他推送的文章,举办的活动情况和随意拍下的照片、写下的率真文字,感到他浑身蕴蓄着激情,充满了快乐,闪耀着智慧。我时时被他感染者、感动着。

　　2018 年初冬,我在北京参加一个世界地质公园方面的国际培训,组织者中途安排赴泰山实地参观考察,学习了解泰山在地质公园宣传、科普、管理等方面的经验。因时间匆匆,我不敢跟憨仲兄联系,怕豪爽好客的他得知消息后,跑上100 多公里路来看我。他年逾六旬且身体病残,如果那样,我心里不忍。

　　这次泰山之行,我不仅一睹其群峰拱岱、山水相依、气势磅礴的尊容,而且还有一个意外收获。原来泰山脚下,住着很多石姓人家。我认识的散文家石耿立是山东菏泽人,憨仲兄本名石绍宏，是山东淄博人，离泰山都不远。耿立先生说："山以石峻，我姓氏里有石字，而我们石姓的起源就是这座山。"我的祖先据说原来生活在黄河中下游，因躲避战乱和自然灾害才慢慢徙居江南，说不定祖居之地就在泰山脚下。泰山之行成了寻根之旅。巧合！巧合！

我还听到一个传说：泰山上曾住着一位壮士，姓石，名敢当，打小从师习武，英勇过人，靠狩猎打柴为生。泰安城南有一对老夫妻，只有一个女儿。不知从何时起，每天日落之后，一股妖风从东南方刮来，钻进姑娘的房中。久而久之，姑娘变得面黄肌瘦，十分虚弱，附近郎中都治不好她的病。邻居就向这对老夫妻建议，这姑娘怕是妖气缠身，听说泰山上的石敢当很勇敢，是不是找他来想想办法？石敢当应邀而来，夜晚用灯光和锣鼓声吓跑了妖风。这股妖风驱而不灭，逃到哪里，哪里的乡民就受祸害。石敢当只得东奔西跑为民驱邪除妖。

石敢当觉得老是这么跑来跑去，实在忙不过来。他灵机一动：泰山有那么多石头，我不如请石匠在石头上刻上自己的家乡和名字"泰山石敢当"，谁家闹妖风，就把这石头放在谁家的门外，权当我在场，妖怪就不敢进去了。这一招果真管用。

"泰山石敢当"降妖的故事越传越远。后来，人们在盖房子的时候，干脆把刻有"泰山石敢当"的石头砌在墙上或放在门口，用来避邪。"唐宋以来，人家门口，或街衢巷口，常立一小石碑，上刻石敢当三字，以为可以禁压不祥。"我居住小城的一些小区入口，也可看到这样的石碑。有些单位门口弄一块大石头立在那里，美其名曰泰山石，虽然刻的是单位名号或其他内容，其用意很明显。

还有人说石敢当就是姜太公。相传姜太公当年封神,封来封去,不知他是公而忘私,还是忙糊涂了,竟然忘记了自己的姓名,最后自封为泰山石敢当。

传说是美好的,美好总给人以念想。

憨仲兄骨子里有石敢当、姜太公的基因,为着弘扬厚重齐文化的念想,竟耗费十年光阴,行走万里长路,尝遍酸甜苦辣,最后收获串串珍珠。

憨仲兄的出生地淄博是齐文化的发祥地,在积淀千年、博大精深的齐文化熏染下,他仰慕姜太公,酷爱齐文化。一次闲游齐国故都时,偶遇齐故都一名中年妇女,言谈中提及齐国旧事,她竟然浑然不知。"不识庐山真面目,只缘身在此山中。"憨仲兄此刻"忐忑,不安的忐忑",怅望之情、焦虑之态可以想象。面对齐文化渐行渐远的背影,冥冥之中,他觉得应该像前辈石敢当那样,要有担当精神和使命意识,接续自周师齐祖姜太公肇始的齐文化血脉,为挖掘抢救、弘扬传承悠久灿烂的齐文化奉献一己之力,于是萌生了"寻觅商周古迹、秦汉遗存"的念想。

憨仲兄是个专著执拗的人。年过半百的他开始上路了。要知道,此时的憨仲兄,已有 20 年的中风史,身体偏瘫残障。凭着一股疯劲、傻劲和韧劲,不管炎炎烈日,还是冰天雪地,无论荒郊野外,还是沟谷河畔,一个摇摇晃晃的身影不时闪现,一行或深或浅的足迹向远方延伸。他像一只放飞的风筝,齐文化就是那根牵系着风筝的线,在齐风韶韵的劲吹下,不断地飞向东南西北,飞向高邈旷远。他一路行走,一路探幽,一路思考,一路书写,终成《泱泱齐风》《天齐高风》《天齐雄风》,洋洋洒洒逾三百万言矣。面对如此丰硕的成果,我等除了赞叹还是赞叹。

去年初冬,我有幸收到憨仲兄寄赠的大著,厚厚六大本。今年春节期间,宅在家里抗击新冠肺炎疫情,正好有时间来读他的鸿篇巨制,跟随他"去捕捉如梦如幻的八百年传奇",与他一起"在夕阳西下的光景里,披一身晚霞,听几声昏鸦",感悟"散落在乡野的齐国辉煌"。

齐都齐祖勿相忘。齐国故城曾是"有户十万,人众殷富,钜于长安"的"东方名都",也是八百年齐文化的原点。憨仲兄对此心心念念,依恋挂怀,是心中的偶像和骄傲,一次次"在迷蒙混沌的薄雾里去寻找东方大都市的景象"。"有时,我会在寒冬的清晨,来到这寂静的麦田;有时,我会在酷暑的中午,走进这苦闷的棒子地;有时,我会在深秋的夜晚,蛰伏于一派空旷的原野中。"其目的就是为了"与古贤对话,同圣明交流,叫空想的现实在这儿找到原点,净化和启迪着荒漠的心海"。每来一次,便有一份沉甸甸的收获,便有一种智慧的平添,便有一种思想的升华,便有一次心灵的洗礼。他觉得齐国故都是一部百看不厌的史书,值得"昨天读,今天读,明天还读"。自己"要抱定痴心",一直读下去。由齐都而齐祖,憨仲兄热情拥抱齐文化,更对齐国的开国元勋姜太公敬畏如神,"每每接触到与其有关的遗迹,我都如朝圣般拜谒"。日照太公故里、青州表海亭、临淄太公祠、卫辉太公庙、宝鸡钓鱼台等地都留下了他朝拜的足迹。他为寻找姜太公墓地,在阴雨绵绵的秋天辗转千里,踏着泥泞坎坷的乡间土路艰难前行,最终因墓地无路,自己身残无法抵达,只看到同行者拍下的照片而"心情复杂得难以言表",心中默默地说:"姜太公,我还会来看您的。"他千里迢迢寻访太公故里,"感恩戴德的心境完全是发自内心深处的""仰慕之情可窥见一斑"。

寻寻觅觅三千年。齐文化是核、是轴,由此开枝散叶,上下三千年文化,都是憨仲兄探幽发微的志向兴趣所在。他出版《泱泱齐风》后,广受世人关注,备受鼓舞,便挑战自我,立下宏愿:凡属跟"齐"字沾边的古迹,都要一一拜访。他常常以"路漫漫其修远兮,吾将上下而求索"自勉,无论春夏秋冬,不管风霜雨雪,忽东,忽西,忽南,忽北,十余年一直在路上,"四下寻找着适合自己口味的食粮,以期产出能够滋养社会的乳汁"。齐鲁古道上,他孑然一身捕捉战国传奇;青石关前,他心情沉重地徘徊遥想,感知岁月沧桑;新田都城,他穿越时空两千载,看草木荣枯、寒来暑往;龙山寻古,他意犹未尽缱绻不止,叹文化生生不息、永放光芒;在中原大地,他信马由缰、闲云野鹤,感受拂面齐风,回味无穷。我们经常看到,憨仲兄在别人的搀扶下,沿着高低不平的小路攀爬,看到他拄着拐杖缓缓而行,他要循着齐文化这条长路勇往直前,他要潜入齐文化这条长河戏水扑腾。随着《泱泱齐风》《天齐高风》《天齐雄风》的先后出版,他说:"陕北的寒冷,赣南的疲劳,冀北的饥渴,豫西的风霜,甘东的酷暑,还有那数不尽的舟车劳顿,都伴随着经年酿制的琼浆所散发出的醇香甘美,淡淡而去,成为历史。"喜悦之情溢于言表。

且行且思悟人生。憨仲兄边走边写的这些文化随笔,不受传统的桎梏,随心而作,率性而为,力求"谱写出自我吟唱齐风之歌"。览古鉴今,憨仲兄在寻访历史遗迹时,常常悟透人生。在桓公戏马台遗址前，他觉得"戏马台"这个既轻松又愉快的字眼，或许是人们"远离战争，渴望和平"的真情流露。他在齐鲁古道一户人家的屋檐下看到一串红红的辣椒，仿佛"也在蹿动着生命不息的火焰"。"我作为一个有着十七载中风史的病人，往往每登上一寸高度，就表明一次康复的提高和精神跨越。"他从姜太公"十年跪成痕"中看到了中华民族持之以恒的精神，坚忍不拔的毅力。他在浓郁的孝文化中想到文化西侵而产生深深忧虑；看到处是古迹的仿制品或赝品，认为"既骗感情，又骗眼睛"，心里有说不出的滋味。在鲁仲连无字石碑前，他心潮起伏，思绪万千，"蓦然间，仿佛有一种希声大音，穿越时空滚滚而来，漫过心头，久久不息"。在楚纪南故城探访时，看到古城内自然形成的村落，早就夷为平地，心想："原来倾国家财力所建的宏伟宫殿都能被拔掉，何况在现代化的今天，几组区区民宅何须兴师动众？"忧民之心跃然纸上。齐国虽然涌现了一辈辈英雄传奇人物，演绎了一幕幕精彩的历史片段，但最终玩物丧志，国民不思进取享乐懒惰情愫蔓延滋长，导致国家灭亡。真是"忧劳可以兴国，逸豫可以亡身"，惨痛啊惨痛！

李泽厚说："繁华短促，自然永存；宫殿废墟，江山长在。"齐文化这条波澜壮阔的文化长河，自姜太公始，奔涌向前三千年，这是不断接续的长旅。憨仲兄是这场长旅的参与者、推动者，他已经用自己的努力证明了一切。我们不必苛求他随笔的完美，也不需用"自强模范"之类名号去称颂他。他实实在在就是一个为齐文化而生的齐人，更是一个为齐文化而生的奇人。

远山静水里的洪荒精灵

　　丙申年的节气已过秋分,但秋老虎还在滥发余威。看天气预报,说十七号台风鲇鱼马上要来,会给湖南带来降雨降温天气。鲇鱼,我们俗称胡子鲢,体表多黏液,无鳞,背部苍黑色,头扁口阔,上下颌有四根须。由此忽然想起古书里的一句话:"人鱼,即鲵鱼也。似鲇,今亦呼鲇为。"古书上说的鲵鱼就是大鲵。鲇鱼和大鲵样貌相似。心下揣测,为何搭上十七号台风这趟劲爆狂飙快车的偏偏是鲇鱼而不是大鲵呢?如果命名为台风大鲵,张家界大鲵不是满世界打了一次免费广告。据说台风鲇鱼是韩国人提供的命名。也许韩国人熟悉鲇鱼而不熟悉大鲵,不足为怪。沈从文在《从文自传》里说:"那河里有鳜鱼,有鲫鱼,有小鲇鱼,钓鱼的人多向上游一点走去。"沈从文是湘西人,那河也是湘西的河,他看见的小鲇鱼,很有可能就是大鲵鱼苗,湘西人叫作娃娃鱼的。一通不着边际的神思飘忽,我坐在竹藤椅上,跷着二郎腿哑然笑了。

　　有时毫无噱头的胡思乱想真是好玩。

这种好玩竟触发了我漫无际涯的好奇和舒卷游荡的思绪。画家高更有一幅名画，标题很长，叫《我们从哪里来？我们是什么？我们到哪里去？》，受此启发，我有了一探大鲵前世今生的冲动。

湘鄂渝黔境内，有一条东北到西南走向的山脉，盘桓绵延上千里。这条山脉覆盖的地区叫武陵山区，面积约 10 万平方公里。这里是我国地形第二阶梯与第三阶梯的过渡带，山体形态呈现出顶平、坡陡、谷深的特点。峰峦层叠、溪流纵横的大山中，既有惊世骇俗的自然文化遗产，也有古老神秘的动植物资源。张家界大鲵就是藏在这方深山远水里的洪荒精灵。2012 年，中国农业部之所以把张家界命名为"中国大鲵之乡"，不仅仅标志着张家界是大鲵重要的自然产地之一，更昭示着在这片土地上，张家界大鲵的保护区建设、生态监测、基础生物学研究、人工繁育、科普教育等方面，都取得了不菲的成就，让大鲵在明亮清丽的山水之间，续写着其亿万斯年不老的生命传奇。

人类易犯以貌取人的错误。别因大鲵长得灰不溜秋，憨头憨脑而小瞧它。它可是地球上最大的两栖动物。亿万年来，大地历经数次沧海变桑田，多次物种大灭绝，三次酷寒大冰川，不知道大鲵是怎样一次次躲过厄难、炼狱新生的，不知道它们是怎样一回回死里逃生、重振雄风的。它那从古至今变化不大的外貌，它那生生不息的顽强生命力，是一部绝妙的生命奇书，写满了浩瀚无垠、兴衰超越的生命奥秘。

大鲵这个古老而神秘的物种，其起源可以追溯到约 3.7

亿年前的泥盆纪晚期。大鲵家族来到地球后，经历了一次次生死存亡的大考验，比如古生代后期的石炭——二叠纪大冰川期和新生代第四纪大冰川期。那时，地球上的气候极其寒冷，高纬度地方的广阔区域，放眼望去，全被银光熠熠的冰川覆盖，不见草木生长，不见溪流蜿蜒，不见动物游走，仿佛一个无声洁白的世界。此时的大鲵藏在何处，怎样避寒，如何觅食，如何繁衍，我们不得而知。我们唯一可知的是，一部分大鲵侥幸躲过了两次大冰川期。还有，大鲵家族刚刚来到地球上不久，因气候变冷和海洋退却，泥盆纪后期出现了地球有史以来的第二次生物大灭绝，海洋生物遭受灭顶之灾。接下来，大鲵家族遭遇了接二连三的生物大灭绝，尤其是 6500 万年前，发生在白垩纪晚期的生物大灭绝，称雄地球亿万年的恐龙家族灰飞烟灭，踪影全无，这至今是个待解的谜。3 亿 7 千万年的板块飘移、气候变化、进化演绎，大鲵的许多种类也在自然选择中不断淘汰和灭绝，现在仅存隐鳃鲵科 3 种，这就是欧洲等地没有大鲵分布的原因。今天在武陵山区这片深山远水、溪流丛林中诗意栖居、悠闲生活的大鲵，其祖先从远古洪荒一路大浪淘沙、跌跌撞撞、磕磕碰碰走来，它们经历风浪、遭遇磨难，却不改初心，慎初慎始，是生物进化史上当之无愧的活化石。不得不说是个自然选择和生物进化的奇迹，也不得不由此引发人们对生存环境和自身命运的思索和拷问。

世界上第一块大鲵化石，是 1726 年在欧洲发现的。一天，瑞士医生肖赫舍在德国意外捡到一块化石，他发现这块化石有头骨、肋骨和脊椎骨，很像人类的骨骼。他喜出望外，以为找到了《圣经》中记载的大洪水里死去的人类遗骸，故将化石命名为"洪荒证人"。1758 年，格斯纳认为这是一条巨大的鲇鱼。中国人认为大鲵和鲇鱼极其相似，外国人也把后来证实是大鲵化石的化石认为是鲇鱼化石，异曲同工。1787 年，博物学家佩特鲁斯·坎珀认为这是条蜥蜴。1802 年，荷兰泰勒斯博物馆买下了这块化石。2008 年冬，我去荷兰旅游，还不知道有这样一块化石，不然的话，也许会抽空去看看。1811 年，法国解剖学家居维叶对这块化石修凿，他最后认定这是一条大鲵化石，大约生活在 500 至 1000 万年前的中新世纪晚期。2002 年，在我国内蒙古赤峰市宁城县一处侏罗纪地层中，发现了 1.65 亿年前的真螈类动物化石，这是最早的大鲵祖先。就是凭借这些残缺不全、支离破碎的化石，科技工作者依靠现代技术，精确地判定出大鲵生活的地质年代和死亡时的年龄，推算出它们的体重和大小。我们把一块块化石小心翼翼地拼接、粘贴、修复，就会展现出一具具活灵活现的大鲵骨架，它们有了或爬行或站立的姿态，有了或可爱或凌厉的模样，也有了或迟钝或敏捷的思维。

我们常说大鲵是与恐龙同时期的物种，这话又对又不对。据我所知，在湖南桑植县芙蓉桥白族乡发掘出土的脊椎动物化石，后来被研究者命名为无牙芙蓉龙，距今 2.1 亿年，是迄今为止发现最早的恐龙化石，故称"恐龙的祖先"。而大鲵在 3.7 亿年前就出现了，比恐龙要早 1 亿多年。况且，恐龙在 6500 万年前就已一夜之间从地球上消失，我们只能从遗存的大量化石来研究、复活它们的生存环境、生活习性和繁衍场景。大鲵则不然，它们不仅有化石，更是仍然活得十分滋润的活体物种。宇宙的大爆炸或是小行星撞击地球带来的气候、温度的变化，恐龙家族猝不及防，化作尘埃，而大鲵家族面临着同样的灾难，虽也遭受了重创，却没有种族灭绝。灾难过后，大鲵慢慢休养生息，一代代繁衍不绝。按照"成王败寇"的逻辑，大鲵虽然没有恐龙称霸地球的辉煌，但却避灾有方，笑到最后。大鲵在大自然面前才是真正的强者王者。

　　我们对大鲵的认识还有一个误区，都说大鲵的声音如同婴儿啼哭一般，所以才把大鲵叫作"娃娃鱼"。《水经注·伊水》也说："鲵鱼声如小儿啼，有四足，形如鲮鳢。"《本草纲目》载："鲵鱼，在山溪中，似鲇有四脚，长尾，能上树，声如小儿啼，故名鲵鱼，一名人鱼。"古籍中的记载言之凿凿，似乎很权威，人们世代相传成习，未探究里，因而以讹传讹。果真这样吗？我的家乡竹溪，溪水里就有好多娃娃鱼。小时候，我们经常在夜间打着松明火把，到溪沟里去捉石蛙、螃蟹，偶尔也能遇到在石头上、草丛中栖息的娃娃鱼，可从来没有听见过娃娃鱼的叫声。现代科学技术帮助我们揭开了这个谜团。对大鲵进行形态解剖学研究时，惊讶地发现大鲵没有声带。没有声带，连声音都发不出，何来"如小儿啼"之说。这是一个"美丽的误会"。《西泽补遗》里说："蜀中术士张道陵寻丹至此（澧源），饥渴困乏，乞食于儒士，得一箪尽食，但觉身外有身，恍若遁天，世间万象，豁然于怀，甚异之，问其所以。俱告之，愈觉神圣，乃名此鱼为鲵：意为送儿之鱼。后有人鱼、娃娃鱼之谓，皆此意也。"这段话意思非常明白。不难看出，大鲵叫娃娃鱼等,并非其声音如同婴儿啼哭,而是相当于传说中的送子观音一般,寓意多子多福,给人带来希望、快乐和吉祥。大鲵四肢酷似婴儿的小胳膊,游动时姿态优美,憨态可掬,这可能是人们把它叫作娃娃鱼的真正原因。

大鲵对栖息环境要求很高,凡有野生大鲵出没的地方,无不山高水冷,植被茂密,流水清澈,空气湿润,洞穴隐蔽,食物丰富。有大鲵就有好水,这话一点不假。大鲵栖息地就是优良生态环境的"指示剂"。武陵山中的澧水源头,"阔数十丈,深不及底,四围皆绝壁幽壑,悬涎飞瀑,瘴袅袅而日沉沉,林森森而风唪唪,杳无人迹"。这样的地方,正是大鲵生存繁衍的理想场所。这也是处于澧水上游的张家界成为"大鲵之乡"得天独厚的优势。曾几何时,澧水上游的溪溪沟沟里,都是大鲵欢乐的家园,水中或大或小的洞穴,藏着一条条大鲵,既在这儿避光休憩,也在这里躲避天敌。有些洞穴是大鲵的后花园,它们在这里呼朋引伴,卿卿我我,寻欢作乐,孵化后代。我们小时候到溪沟边砍柴,常常看见大鲵盘踞在洞口附近水边的乱石丛中,在那儿守株待兔,随时准备捕猎从身边经过的食物。螳螂捕蝉,黄雀在后。胆大的孩子,悄悄围上去,用竹背篓把它罩住,捉回家去。村里一位年轻的教师,放暑假后没事做,夜间到竹溪下游放夜网,自己睡在沙滩上守候。第二天清早去收夜网,好沉好沉,拖上岸一看,网住了一条大鲵,带回家一称:好家伙,34斤!大鲵是名副其实的两栖寿星,能活130年之久,甚至有的还活过150年。它的身长可以达到1.5米,体重可达50公斤。张家界金鲵生物工程股份公司一条叫"笨笨"的大鲵,已有

130岁高龄，身长1.8米，体重65公斤，至今健康活泼地生活在仿野生态环境里。公司还为"笨笨"申报了吉尼斯世界纪录。大鲵的长寿，契合了道家修身养性、延年益寿的基本教义。

大鲵在中国传统文化的长河里，扮演了十分重要的角色。华夏文明的始祖伏羲和女娲图腾，是两个上身分呈男女人形，下身呈蛇尾交缠的形象。经过文化学者的反复研究论证，认定这种下身蛇尾交缠并非以蛇为原型，而是以大鲵为原型。后来，在甘肃甘谷县西坪仰韶文化遗址中，出土了一个彩陶瓶，距今约5500年，瓶上彩绘了一个独特的形象：圆头人脸，额头上刻十字纹，两眼有神，张嘴露齿，身子颀长，身躯蜷曲，前肢撑地，头颅高昂。又后来，在甘肃武山县傅家门马家窑文化遗址出土的鲵鱼纹黑彩陶瓶上，也看到了这种生物形象。文物专家根据彩绘的生物形象，最后确认这种生物就是大鲵。渭水流域至今还有大鲵生存。甘肃渭水流域是伏羲、女娲氏族所在地，鲵鱼纹彩绘瓶恰恰在这一带出土，应该不是巧合，而是这一带先民视大鲵为祖先神的信仰。因此，伏羲、女娲图腾形象不是"人首蛇身"而是"人首鲵身"。大鲵成了华夏始祖图腾，我们始料未及。

还是蜀中术士张道陵，他在武陵山中的澧水边，喝了一儒士给的一碗大鲵汤后，身轻体健，"盘桓有时，不忍辞归，日啖些少，寝寐皆废，未几悟得真道，乃创道教，衍尽天地万物之阴阳变异玄机，遂以双鲵交合为本教图志，旋播胡夷"。这种"双鲵"太极阴阳图，甫一问世，便流传久远，影响广泛，成为"中华第一图"，从孔庙大成殿梁柱，到老子楼观台、白云观的标记物,从道士的道袍到算命先生的卦摊,从中医、气功、武术的会徽会标,到韩国国旗图案、新加坡空军机徽,太极阴阳图无不跃居其上。韩国国旗的太极和八卦,寓意和谐、对称、平衡、循环和稳定,深得中国道家、儒家思想精髓。

阿城在《洛书河图——文明的造型探源》中说:"传说中的河图即后来的阴阳图。它的原型保存在苗族的鬼师服饰图案,和商代青铜器盘的图案中。"由于"阴阳话题多到泛滥,让我们觉得好像不说说阴阳就不懂中国文化,就不是中国人的地步"。不过,阿城承认"图像的力量真的是不可小看,而且阴阳图符真的是完美到无话可说"。从阿城的话里,我得到了以下文化信息:阴阳图是中国传统文化中造型艺术的巅峰之作,达到了完美无缺的境界;阴阳图的原型最早保存在苗族服饰的图案中,而且传承至今,这意味着苗族对造型符形的保存,超乎想象的顽强。当下在苗族地区仍然十分流行的苗族服饰,带着对天地和祖先的虔诚与敬畏,融入了民族的血液,被赋予了灵性,承载着一个民族的精神信仰,是我国罕见的造型艺术的活化石;武陵山区既是我们苗族的主要聚居区,又是中国大鲵的主要自然产地,以双鲵交合而成的阴阳图,最早大量保存在苗族服饰上,足以证明,苗族同胞是最早认识大鲵、最早热爱大鲵、最早与大鲵和谐共处的民族,昭示着苗族热爱自然敬畏生命的宇宙观。我忽然觉得,苗族同胞喜欢跳的芦笙群舞,集体舞成一个一个连续不断的旋转纹,不就是他们用心用情刻在大地上的阴阳图吗?有文化学者长期潜心研究太极图,还向国家有关部门提出太极图申报世界非物质文化遗产的建议,得到了积极回应。

屈原《楚辞·天问》有"焉有虬龙,负熊以游"句,所谓虬龙,后人多认为是大鲵,能够"负熊以游",可见大鲵个体很大。《海外西经》里说:"龙鱼陵居在其北,状如狸(鲤),一曰鰕,即有神圣乘此以行九野。"这里称大鲵为龙鱼,把它开始神化了,具有上天入地下水的神奇本领。不过,当时的人们还有些拿捏不准,而且把大鲵与鲤鱼混搭了,极可能是"鲤""鲵"读音相近而误传。果真如此,"鲤鱼跳龙门"可能是"鲵鱼跳龙门"。古代诗词中,有一种被反复咏颂的动物叫"鱼龙",如张若虚在《春江花月夜》里,有"鸿雁长飞光不度,鱼龙潜跃水成文"的佳句,杜甫在《秋兴八首之四》里咏道:"鱼龙寂寞秋江冷,故国平居有所思。"在诗人的眼里,鱼龙别有风情。经过分析比对,鱼龙就是大鲵。

据《明史》载:明嘉靖年间,朝廷多次出兵剿倭不利,嘉靖皇帝朱厚熜便下旨征调广西狼兵和永(顺)保(靖)土兵等平倭。嘉靖三十三年(1554)冬,彭荩臣、彭翼南各率5000土兵赴东南沿海抗倭。彭荩臣、彭翼南担心土兵们不服沿海水土,便令每个土兵带上20斤湘西干鲵肉。果然,土兵们如同在山里作战一样,所向披靡。次年五月,王江泾一战斩倭2000余人,溺死倭寇不计其数。是役记功,以保靖、永顺为最,赢得王江泾大捷,史称"东南第一战功"。鉴于大鲵在这次抗倭战役发挥特殊的贡献,嘉靖皇帝便御封湘西娃娃鱼为"灵鲵"。

在民间,关于大鲵的故事和传说就更多,比如"鲵鱼岩""大鲵戏水"的传说,比如娃娃鱼撵人的故事。湖南桑植县至今流传着《金鲵义救贺龙军》的故事。红二方面军开始长征前，队伍在刘家坪、瑞塔铺一带休整。红军伤病员因缺医少药得不到及时治疗，有的伤情日见恶化。战略转移迫在眉睫，这些伤病员让贺龙愁肠百结。一天，贺龙探望伤病员后，和一名老中医来到小溪边，商量着怎么办，老中医也是一筹莫展。就在两人沉默无言地坐在溪边时，水中两条金色的娃娃鱼若隐若现，游玩嬉戏。贺龙和老中医同时看见了这两条鱼，相视而笑，明白是神鲵显灵，一下有了主意。娃娃鱼在当地又称为神鲵，平常是不会有人去捕捉的。但为了救治这些红军伤病员，贺龙决定破例一次，请来一些神鲵帮助伤病员康复。按照当地习俗，贺龙率人举行了祈祷祭祀仪式后，才叫几名战士下河请来一些金鲵，而且特意嘱咐战士说，是"请"而不是"捉"。伤病员喝了金鲵汤后，没多久，一个个神奇地康复了，又变得生龙活虎，跟随贺龙踏上了万里长征路。作家虹影的幻想小说《米米朵拉》中，10岁的米米朵拉和母亲在浴兰节上看偶戏，突然发现母亲不见了，而整个城市也正面临洪水的威胁。在娃娃鱼的指引下，她开始了奇幻的寻母之旅。这部小说通过一个女孩的成长故事，告白了一个母亲最深远的爱。在这些传说和故事里，大鲵不仅神力无比，而且代表着正义勇敢，也体现了一种优秀的文化价值。哦！从洪荒远古奔突而来的大鲵，竟与中国传统文化紧密勾连。

大鲵表面上看去温顺敦厚，内心深处却凶猛强悍，在水中几乎没有对手。即使遇上对手，它也能一次次化险为夷，成功脱险。大鲵在地球上的真正敌人只有一个，那就是人类。人类从蛮荒、野林走向城市、文明的过程，也是侵占、掠杀、毁灭的过程。司马迁《史记》有一段话："人鱼，鲵也。始皇之葬也，以人鱼膏为烛。"浩大的始皇陵里日夜灯火辉煌，长明不熄，而油料却是用大鲵炼成的油膏，这又得多少条大鲵才供应得上哟。这无异是对大鲵的一次长久的滥杀。

　　进入现代社会，大鲵的生存环境日益恶化，前景堪忧。河流生态环境遭到严重破坏，曾经山势错落、水流湍急的溪河，因建大坝修水库而被切割被肢解；蓊郁葳蕤的植被遭到砍伐毁损，水土在流失，水源在枯竭；过去清澈洁净的水体遭到污染侵袭，水中生物骤减，疾病蔓延；全球气温升高，灾难频次越来越密；人类为了金钱和享受，不计后果，贪婪地捕猎和残杀。哪一条，都会让大鲵失去美好的栖息家园，遭受灭顶之灾，重蹈恐龙覆辙，从而亡种绝迹。我们过去随便拨开水边的草丛，随手探入溪边的洞穴，都可能与大鲵不期而遇。现在呢？我们已十分难觅野生大鲵的踪影，野生大鲵的数量在以惊人的速度锐减，这是多么巨大的反差。有鉴于此，中国政府把野生大鲵定为二级保护动物，并把它列为《中国濒危动物红皮书》中两栖类的濒危种。《濒危野生动植物国际贸易公约》附录一中，包括了所有受到和可能受到贸易影响而有灭绝危险的物种，是濒危的最高等级，大鲵赫然在列。世界自然资源保护联盟 2007 年公布的《全球受胁物种红皮书》中，大鲵位列极危级，严格禁止捕猎。

　　大鲵在呼救，国家在行动。大鲵的命运牵动着每个有良知有社会责任感人的心。国家将大鲵列为二类重点保护动物，立法加强资源保护。在重要的自然产地设立大鲵自然保护区，实行就地保护。这些举措，无疑起到了积极作用。但也毋庸讳言，我们依然面临着野生大鲵种群数量日益减少的严峻事实。

怎么办？怎么办？《益都方物略记》说："鮱鱼出西山溪谷及雅江，有足能缘木，其声如小儿啼，蜀人养之。"这是我国人工养殖大鲵的最早记载，说明大鲵人工可以喂养。有人受到启发，就地保护一条路不好走，那就迁地保护和就地保护相结合。迁地保护就是通过人为努力，将野外大鲵一部分种群迁移到适当地方，人工管理和繁殖，从而扩大种群，择机放养大鲵苗或成体，快速扩大野外大鲵数量。这是一条漫漫艰辛探索之路。1972年，地处武陵山腹地的桑植县，成立了娃娃鱼研究所，并在1978年与湖南省水产科学研究中心协作，从野外捕获成熟雌雄大鲵，人工催产，成功孵出大鲵幼体，开始了我国大鲵人工繁殖的启蒙研究。这是一项前瞻性、开拓性的创新之举，为保护大鲵找到了一条光明大道。

莽莽苍苍的湘西，巫风遍地，神秘莫测。落洞、赶尸、蛊巫就是神秘湘西文化的一部分。一个美丽漂亮的女孩，经历一些人生变故，尤其是因婚姻不遂而进入痴迷状态，精神失去常态，人们往往断定这女孩"落洞"了。民间的说法是，湘西多洞穴，这女孩出门，从某处洞穴旁经过，被洞神看见，喜欢上她，把她的魂魄拿走了。从此，这女孩整天生活在幸福的幻想里，进入了不食人间烟火的境界。当然，湘西已是一个开放的世界，再也没有女孩"落洞"了，但类似"落洞"的故事还在延续。桑植县的王国兴，就被山洞里的娃娃鱼勾去了魂魄，作出一个被人认为是"神经病"的决定，在荒无人烟的大山里，投巨资开凿一条600米的山洞，人工繁殖喂养娃娃鱼，上演了现代版的"落洞"。王国兴曾走遍了十里八乡大大小小的山洞，仔细寻找野生大鲵的踪迹，观察大鲵的繁殖环境和规律。后来，他干脆带着被子和干粮，住进了一个发现一群野生大鲵的阴暗潮湿的山洞，和大鲵朝夕相伴，昼夜相处。这一住就是五年。这不是"落洞"是什么？五年的坚守观察，五年的辛酸煎熬，只有他自己才清楚。鲁迅先生说过："我们自古以来，就有埋头苦干的人，有拼命硬干的人，有为民请命的人，有舍身求法的人……他们是中国的脊梁。"王国兴就是埋头苦干、拼命硬干的人。他在抢救娃娃鱼时被生生咬断一根手指；在举办娃娃鱼相关活动中遭遇车祸，险些丧命；在突发的山洪中，辛苦喂养的娃娃鱼几乎冲光，多年心血损失惨重。他没有气馁，没有退却，没有放弃，经过多年的努力和摸索，在恒温的山洞里，繁育出了上千条娃娃鱼，解决了人工养殖娃娃鱼受精繁殖率低的世界难题。一个只有初中文化的职工，攻克了科学院院士没有攻克的技术难关，王国兴因此被媒体称为"中国娃娃鱼之父"。他把儿子送去上大学、读博士，专门从事娃娃鱼研究，使得他开创的事业薪火相传，后继有人。这是一个实实在在的娃娃鱼世家。我曾多次受邀深入王国兴开凿的山洞内参观，也曾坐在洞口，一边品尝他亲自烹饪的娃娃鱼，一边听他眉飞色舞地讲述自己和娃娃鱼的那些事儿。我为他的奇思妙想和坚忍执着折服。我们的生活，我们的时代需要更多这样咬定目标、勇往直前的人。他们是推动社会前进的中坚力量。

梦想有多大，舞台就有多大。他成功了！1994年，王国兴父子成立了张家界金鲵生物工程股份有限公司，计划建成集保护、繁育、养殖、科研、观赏、深加工于一体的国内规模最大的娃娃鱼基地。公司依托科研院所，先后获得20多项国家发明专利。在王国兴父子的带动和启发下，张家界从事娃娃鱼保护、研究和养殖的人越来越多，大鲵养殖企业和农户如雨后春笋，迅速兴起，走出了一条原生态、仿生态与全人工模式相结合的繁殖之路。张家界金驰大鲵生物、张家界澧源生物科技、桑植县康茜大鲵生物等企业，带动当地农户养殖大鲵，在资源保护、精准扶贫、生产发展中发挥着不可替代的作用。现在，"游张家界山水，品张家界大鲵"，奇山异水和绝妙美食的组合，已成为张家界两张靓丽的名片。

野生大鲵严禁非法利用，但人工繁殖的子代以下大鲵，经过行政主管部门许可，是可以食用和加工利用的。在张家界的农家乐大众餐馆高档酒店里，食客们都可以点上一份用大鲵烹制的美味，慢慢来一番健康纯净的味觉享受：红烧鲵掌香浓可口，清炖大鲵健胃理气，凉拌鲵皮清脆蠕滑，鲵肝辣酱松软甘爽。在天然、纯净、无污染的食材弥足珍贵的今天，如果想一饱口福、吃得放心，张家界大鲵应该是一个不会让你后悔的选择哦。

大鲵有很强的食疗和药用功效。《山海经》载："决水有鱼，状如鱼帝，食之已痴疾。性甘淡，能截疟。"《本草纲目》说大鲵："味甘，有毒，食之无瘕疾。"大鲵全身都是宝。大鲵肌肉含有优质蛋白和丰富的氨基酸、微量元素，经常食用可聪明益智、延缓衰老、增强造血和免疫功能，对防治心脑血管疾病、贫血和肿瘤有一定的作用。大鲵皮肤分泌的黏液含有多种"蛙皮素"，具有抗菌作用，还是美容上品。大鲵脂肪含有多种不饱和脂肪酸，是治烫伤、烧伤的特效药。鲵肚可改善人的胃功能，肝脏能化解人体内的重金属毒素。现代科学正在最大限度地挖掘、提升大鲵食补和药用价值，把大鲵产业链延伸拉长。娃娃鱼长寿面、娃娃鱼蛋白胶囊、娃娃鱼护肤美容组合、大鲵低聚糖肽等产品应运而生，备受青睐，为张家界大鲵走南闯北、漂洋过海开拓了新天地。

张家界市委、市政府瞄准大鲵保护前景和旅游市场，因势利导，作出规划，做活延伸产品链条、推进产业融合的大文章。我们在《张家界市农业产业提质升级 523 行动计划》里惊喜地看到，未来五年，张家界将建成全国大鲵科普教育示范基地、大鲵种质资源中心、大鲵产品研发中心、大鲵市场交易中心和大鲵旅游文化中心，野生大鲵资源储量达到 8 万尾，养殖规模达到 200 万尾。这是一个保护和开发并举，养殖和市场对接，文化和资源融合的目标，让人充满期待。如能按期完成，不仅更多的大鲵将在大自然里诗意栖居、颐养天年，而且可以让海内外游客观赏品鉴、口舌生津。

当然，并不是有了一个规划、划了一片自然保护区，野生大鲵的保护就水到渠成、万事大吉了。受市场价格的影响，随着环境、气候的变化，大鲵的保护依然充满变数，可能一遇风浪，就会前功尽弃。维持大鲵这个古老神秘生物的自然生存，涉及生态、社会、技术、管理等多方面,这是一个综合大命题。我们已经很努力了,但是还不够,还不敢说大功告成。借用孙中山先生的话:"革命尚未成功,同志仍需努力。"我们还有很多事情要做。

"天覆地载,物数号万,而事亦因之,曲成而不遗,岂人力也哉。"宇宙之大,自然之妙,万物之奇,我们永远无法彻底解开一堆堆谜。人类是有智慧、善思考的动物,只有知天命顺天时,才能从恐龙灭绝、大鲵濒危的惨痛代价里,看到自己面临的危机,时时叩问:"我们从哪里来,我们往哪里去?"永远保持清醒和理智,遏制无边的欲望,让人类文明延续再延续。大鲵是参透阅尽地老天荒、见证人类潮起潮落的生灵,它只需要一泓清泉,一方宁静,我们要多给它一份关爱。诚如是,人类与大鲵方可在地球上长期共处共荣,快意生存。反之,恐龙的昨天,就是人类的明天,大鲵灭绝之日,就是人类毁灭之时。这绝非危言耸听。

祝福大鲵! 祈福人类!

古樟不知日月长

一个人，如果活过千年，不是妖也是怪；一棵树，如果活过千年，不成神也成精。人活过百年的微乎其微，更不要说千年万年。一棵树却不然，真的能活上千年，假如环境气候适宜，活上万年也未可知。我要去拜访的一棵古樟树，按林业专家测算的树龄，竟有1200岁以上。这还不是树龄最长的树，据报道，科学家在瑞典发现了一株云杉，已经存活了将近一万年，它的生命力至今依然很顽强，这是世界上已知的年龄最长的树木。

这棵千年古樟，长在慈利县溪口镇樟树村。一条大河环村汤汤而过。这条大河叫澧水，是湖南的四大著名河流之一。溪口因九都溪、杜家溪汇入澧水而得名，曾是澧水流域重要的水码头。沈从文先生多次到这里游历小住，有感于其民风淳朴，山水秀美，人物风流和百业繁荣，以此为背景写下了大量风情浓郁的文学作品，如《贵生》《雪晴》《边城》等，都有溪口或浓或淡的影子。

我们是上午到达樟树村的。天飘着雨丝，薄薄的雾气笼罩着周围的山头。一进村子，远远望见一棵孤零零的大树，站在空旷的土地上。司机告诉我，那就是千年古樟。整棵古樟折臂断腿，缺桠少枝，树梢几根黝黑的枯枝直指苍穹，刺破雾空。中部横斜或顶部直立的几股老枝，兀的簇生出丛丛嫩嫩的新叶，让人稍感心安。整棵树造型如羽毛零落的斗鸡，这棵古樟更像大病初愈的老者，孤独无助地站在风里雨里。它远不是我想象中那般枝繁叶茂，堆翠耸绿，浓荫匝地，一丝失望和遗憾悄然飘过我的心头。

　　当地人介绍，古樟原本不是这般模样。十多年前的一天，忽然狂风大作，电闪雷鸣，这棵大树被雷电击中，大火足足燃烧了两个多小时才被扑灭。村民本以为古樟从此一蹶不振，与世诀别。未曾想，它依靠深入地下的根系和铁硬筋结的树皮，把营养源源不断地送上粗壮的身躯、遒劲的枝丫，以惊人的毅力和顽强的斗志，年复一年，疗伤自救，起死回生。老树绽出了新芽，枝头纷披着嫩叶，正是"病树前头万木春"呐。

　　按照古樟的树龄推算，这棵树应是 800 年前后在此落地发芽的，那个时候，正是我国历史上的唐朝中期。这个时期有一位唐朝诗人沈亚子，就有诗曰："樟之盖兮麓下，云垂幄兮为帷。"樟树冠大荫浓，树姿雄伟。由此推断，当时樟树就已在华夏大地随处可见，且葱葱茏茏，蔚为壮观。遥想一下，那时的樟树村，人烟稀少，土地肥沃，水草丰茂，遍地长满了樟树。和这棵古樟前后脚出生的樟树苗，你挨着我，我挤着你，拼命扎根吸取养料，奋力窜高亲吻太阳，暗暗地开展生存竞争。在漫漫的历史长河中，大自然严格遵循优胜劣汰、大浪淘沙的法则,曾经和这棵古樟亲密无间的兄弟姊妹,有的未成年就不幸夭折,有的刚成年就化作阵阵轻烟,有的正当壮年却遭风折沙埋。时间这把巨斧在樟树林里挥来舞去,绝大多数樟树都没有躲过一劫。唯有这棵古樟,在时间老人的照料下,在阳光雨露的滋润下,从柔弱矮小的嫩苗长成参天摩云的大树。1200多年、43.8万多个日日夜夜,这棵古樟穿越时光隧道,一路跌跌撞撞走来,真不容易哦。风吹雨打,电击雷劈,朝代更迭,兵连祸结,斧钺汤镬,哪一次灾难都有可能没顶,哪一次变故都有可能致命。古樟的枯枝残桠,躯干火烧过留下的黑糊糊的树洞,昭示着磨难,贮满了泪水。但它从来没有屈服过,没有埋怨过,更没有自暴自弃过,按照自己的意愿努力再努力地活着。

站在这棵古樟下,我们自惭形秽。没有哪一个人敢说遭遇的磨难比它多,经受的打击比它大,受重的能力比它强。

这棵从唐朝一直活到今天的古樟,是一部自然人文的活的无字史书。它密密的年轮里,记录着大地的沧海桑田,历史的风云际会,战争的金戈铁马,人间的喜怒哀乐。它的每一块树皮,每一处筋结,每一根树枝,甚至每一片树叶,都是一张张写满故事的书页,在风中沙沙翻动,供一辈辈人细细品读。

香樟树是我国南方高大的常绿乔木,浑身散发着浓烈好闻的樟脑气味。随着城镇化快速推进和城市品质的提升,城市绿化美化备受重视,一些常绿乔木被从乡下移栽进优雅的城市,香樟树也不例外。有些城市还大张旗鼓地开展评比市树活动。有人把樟树的常绿不衰、不惧寒冷、清香自守等特性,提炼上升为一种精神,将它确定为一些城市的市树。这些城市的街道边、公园中、院落里长满了大小不一的香樟树，成为一道美丽风景。

"常绿不拘夏秋冬，问风不逊桂花香。泊名愿落梅兰后，心静好陪日月长。"这棵古樟却不慕城市虚华，不闻凡间喧闹，像一个仁慈宽厚的老爷爷，默默记录着历史，静心守护着这方山水，祈祷"溪口之花草无恙"。

品读谷晖的诗

　　文友谷晖,供职于湖南桑植县纪委。像他这种身份的人,因工作职责使然,外人觉得神秘莫测,铁面无私。殊不知,谷晖冷峻的外表下包裹着一颗激情似火、钟情缪斯的文化心,其诗集《在路上》行将面市。

　　我和谷晖同在桑植小县城讨生活,都有喜欢文学的爱好,又经常照面。他时常把刚创作的诗歌用电子邮件发给我,十分谦虚地要我"指正",我便有机会陆续读到了他的不少诗作,且在我主编的《红色桑植国土资源文化图鉴》里收录了他的《土地之歌》。开头几句:"不知道该用什么样的词汇来讴歌你 / 是你的胸脯如温床把地球村孕育膨胀 / 不知道该用什么样的方式来报答你 / 是你飘香的乳汁养育了人类这个新的族群。"印象深刻,至今还记得。

　　我国是一个诗的国度,诗歌具有悠久的历史,堪称国粹。而当今社会,人们焦虑浮躁,精神空虚,普遍有一种走入文化荒漠的郁闷。诗歌创作更是日趋衰微,逐渐淡出公众视野,写诗的竟比读诗的多,诗歌创作已是明日黄花,风光不再。谷晖却全然不管不顾这些,把诗歌创作当作陶冶情操、自我修养、表达歌颂的最好方式,精心营构纯净悠然的文学天地,在诗歌的世界里神游八极、啸翔长空。我为他那份黄卷青灯、搔首苦吟的坚守而感动,为他那种气清神闲、淡定自若的追求而击节。于是,在一个阳光明媚的下午,我静心读完了他的诗集《在路上》样稿,情为所动,有话想说。

　　在这本不厚的诗集里,谷晖用饱含文学张力的语言,汪洋恣肆地咏诵亲情、友情、爱情、山水情,记录风雨人生,抒写生命感悟,燃烧火热青春,真切地反映着喜怒哀乐,记载着世间百态。他虽然年轻,却过早地承受了丧父、亡姐、逝师之痛,比同辈人多了一份沧桑和成熟,在他的《怀恋父亲》《父亲》《清明祭》《老师》《姐姐》等诗作中,我读出了他的无尽思念,不绝呼唤和深情表达,让人愁肠百回,心结难解。诗人都是浪漫的,谷晖同样有一颗不安分的灵魂,他时刻渴望在路上。因此,他用双脚去丈量祖国的大好河山,留下了一首首美的华章。《海的畅想》《春到张家界》《日出》等篇什都真实地记录下他刹那的感悟和体验,清逸隽永,回味悠长。依谷晖的年纪,他应该算作"新生代"诗人,十分欣赏和崇拜朦胧诗代表人物海子,为海子带有叛逆性、先锋性的作品而痴迷,为海子卧轨自杀、早离人世而唏嘘。他把这种交织的情愫一次次融入诗行,从"面潮大海"到"春暖花开","在海子的诗歌里,我获得了重生"。

　　爱情是个永恒的话题。诗人气质浓烈的谷晖更是插上飞翔的翅膀,诉《相思》,结《情缘》,道《牵挂》,写《爱情日记》,

高唱《爱之歌》，经常以各种方式《致远方的她》。读这些诗作，甜蜜温馨，浪漫深情。还有很多叙写友情的篇章，真挚大度，纯粹质朴，发自内心，让人眼热心跳，这是一个值得相交相托的人。

谷晖没有沉迷于亲情、友情、爱情和自然山水之中，更是时刻用一颗火热的心去关注当下，关注生活，关注人性。他说《农民》"是土地最亲近的人，""唱一支稻草人的歌／比蜜蜂的'∞'字摆尾舞／还令野花动情"。他关注《打工潮》，"于是，史诗的悲壮从这里开始"。当四川汶川发生大地震，诗人谷晖有感于灾难的惨烈、救援的神速、生命的美丽、中国力量的伟大，含泪写下了《那一刻》《恨》《生命礼赞》等饱含真情、讴歌生命的诗篇。桑植是红色的土地，民歌的海洋，天然就有艺术的细胞，到处都有文化的养分，在这种文化氛围里耳濡目染长大的诗人，更是深得其文化底蕴，时时纵情地吟唱，那《红色桑植》《元帅，回来吧》《献给桑植民歌的歌》，莫不是从他心底里喷涌而出的优美旋律。

谷晖曾说，生命因燃烧青春、感悟生活而收获感动。他在《青春的季节》里，"沿着流淌的河水／直到雨季的沼泽"。站在凛冽的《残冬》，"轻轻地叹息／默默地挥手告别"。《守候的日子》，"为她叠放白色的纸船"。徜徉在《生命湖》中，"诉说又一个生命的故事"。这些诗行里，我看到了诗人的孤独敏感，也读到了他血脉偾张的激情。

谷晖的诗比较注重日常生活的审美，常以原生态的口语入诗，艺术上不太追求优雅、意象，价值观念上也不追求所谓的崇高。缘于此，他的诗具有表达的多义性和不确定性。实话实说，我读他的诗有些吃力，但这并不影响我享受美、领悟美。

当下，文学越来越边缘化，诗人桂冠也不再耀眼炫目。谷晖能在喧嚣的社会守住这份孤独寂寞，实属难得。近日读到《光明日报》一篇《"干部写作"的价值与追求》的文章，我对作者提出的"只要'干部作家'的文学创作尊重写作规律，得其所是，有感而发，抒发时代豪情，倾诉民间苦乐，探寻人性真谛，发掘生活本质，又不影响履行职责，我们就应该为之鼓掌"之观点，深为赞同。谷晖当然也属"干部作家"之列，他的创作已基本上达到了上文作者提出的要求。我应该为他喝彩！为他加油！更期待着他今后创作出更美更好的乐章。

我见青山多妩媚

张家界市自然资源和规划局机关办公楼维修改造的时候，我和刘树协同处一室。闲聊中，听他常常谈起扶贫联系的永定区三台山村，如数家珍。聊到尽兴处，竟从椅子上站起来，眉飞色舞，十分享受。我也往往随着他的讲述，神往着那边的山水人情，恨不得马上跑去走走看看。还常有进城务工、办事的村民找到他这里，有的喝几口热茶就走，有的小坐闲扯聊天，有的咨询政策、了解信息，有的诉说最近遇到的烦心事。他和村民如同邻居相见亲戚走动，熟络随意。

今年三月，我被市里抽去搞防汛备汛检查。有一天来到沅古坪镇盘塘村一座水库检查，看路标指示，三台山村就在不远的前方，这次没有安排去三台山村的行程，我不好向领队提出，与三台山村擦肩而过，更给我留下一份念想。

一天早晨，刘树协在单位食堂碰见我，说省里在三台山村搞扶贫攻坚季度督查，他要赶到村里去，邀我与他同行。我很想去一探究竟，便欣然和他坐上村第一书记李彦柯的车，一起火急火燎地往村里赶。

去三台山的路上，山道弯弯，爬坡又下岭，翻山又过涧，颠来倒去骨头疼。但座座青山连绵起伏，植被茂密，草木葳蕤，绿肥红瘦，生机盎然，悦人眼目。公路两边的杂树隔路挽手摩肩，枝牵叶覆，密不见天，织成一条长长的浓荫隧道。汽车行驶在隧道里，打开车窗，扑面是甜爽的风，盈耳是虫鸟的歌。我忽然想起好多年前，一位领导做植树造林动员报告时的话："要把公路沿线的林造得飞机炸弹都扔不下来。"这儿果真炸弹丢不下来。我哑然失笑。偶尔看到路边农舍前有几束明艳的石榴花、几朵洁白的栀子花探头探脑，一晃而过。节气过了芒种，石榴花栀子花都是开在芒种前后的花，正是"五月榴花照眼明""雪魂冰花凉气清"。

两个多小时后，车停在村部广场上。细细打量，三座青山夹着两条绿水，山环水绕，相亲相爱，果然是个山清水秀的好地方。那山不仅是青，而且俊朗奇崛，那水岂止是秀，更是洁净清澈。山的怀抱里，溪的两岸边，一栋栋吊脚楼飞檐翘角，雕梁画栋，竹树掩映，若隐若现。我是在吊脚楼里长大的孩子，对吊脚楼有特别的感情。我曾在《悠悠吊脚楼》中说吊脚楼："实用与完美的和谐统一。从吊脚楼那亭亭玉立、婀娜多姿的造型上，我们惊叹着其形体美；从那井院围合、高低错落的构造里，我们领略着其空间美；从那层层高起、纵深配置的轮廓中，我们欣赏着其层次美；从那珠联璧合、井然有序的气势上，我们称颂着其群体美；从那傍水依山、浑然天成的环境里，我们享受着其和谐美。这样美妙的民居，是我们的先辈用辛勤和智慧谱写的凝固的华章。"刘树协告诉我，三台山保存完好的吊脚楼有 118 栋，这可是一笔不小的文化财富。

　　趁村干部带着督查组入户调查的间隙，刘树协带我在村部周围溜达。我们迎着潺潺溪水走去，古老的风雨桥上，一群老年人分坐在桥栏两边聊天，一派气定神闲、心满意足的样貌。他们和刘树协亲热地打着招呼，甚至不伤大雅地调侃几句。溪水清澈，水中石头的五彩纹路清晰可见，水的孩子——小鱼、小虾、螃蟹、泥鳅，在其中自由嬉戏，无忧无虑。我们在硬化的村道上漫步，两边稻田秧苗翠绿铺地，正在分蘖生长。人一走近，田中发出"刺啦"的声音，是我们惊动了田里的黄鳝、泥鳅抑或青蛙、小鱼。一只白鹭正在田中觅食，脖子一伸一缩，细长的脚提起来放下去，全然不管不顾我们在那里说话。一头肥硕的黑腱牛在田埂上悠闲地啃草，牛尾不时甩动驱赶着牛虻，一只不知名的小鸟站在牛背上歪头凝思。好一幅宁静和谐的山村田园水墨画！

　　走着聊着，我们不知不觉来到一大片猕猴桃地边。猕猴桃树爬满了钢筋水泥柱和铁丝搭成的网架，巴掌大的叶子肥厚墨绿，望去团团绿云浮动。披满茸毛的果实成串成坨，悬挂在网眼里，像一只只调皮的小猕猴倒挂金钩，招人喜爱。今年的猕猴桃是个丰收年。刘树协说，这猕猴桃基地的主人叫全婵浓，是村里的党员，从 2016 年开始，陆续流转了 150 亩土地种猕猴桃。驻村帮扶队帮助她协调土地流转、联系销售客户、提供技术服务。现在，猕猴桃基地有模有样，产品直接进入梅尼超市。基地还带动 8 户建档立卡户 30 人入股、务工，成为三台山村拳头特色扶贫产业。

　　我们从猕猴桃基地折回，又沿溪而下，看到一片黄桃林。

黄桃今年小试牛刀，枝头已挂上不少果子。刘树协介绍，全村种了820亩黄桃，村里愿意种植的都可参与，帮扶队和村里免费提供苗木、肥料和技术服务，还与张家界湘润公司签订了保底收购协议。我们走到地边，看见一对中年夫妇在桃树下除草，男人手机里播放着欢快的民歌："太阳出来喜洋洋，走过一山又一山。只要我们都勤快，不愁吃来不愁穿。"劳动中满满都是获得感和幸福感。

村部旁边溪对面地里种植了当地传统农作物七星椒，植株没膝，花开朵朵。这又是村里重点发展的一大产业。

刘树协说他2016年就联系三台山村扶贫工作，一直没间断。他和帮扶队其他队员一起，立足长远，狠抓当前，制订了三步走的扶贫战略。首先是稳定脱贫。脱贫的牛鼻子是稳定就业，动员有劳动能力的外出务工，一人务工，全家脱贫。全村129户贫困户，有112户200人外出务工。帮扶干部还帮助联系务工单位，拓宽就业渠道。他帮扶的李子文，就联系到市住建局当保安，由于工作负责，现已当上保安队长，其妻在百橙超市务工，其子到上海一家房地产公司就业。另一帮扶户李敏，他出面介绍两口子到绿航果业就业，儿子也从旅职学校毕业当了厨师。其次是发展产业。猕猴桃、黄桃、七星椒，还有湘西黄牛、土蜂蜜、光伏发电等产业，就是这几年撸起袖子发展起来的产业，解决了村民家门口就业和村级集体经济收入的问题。再次是谋划长远。帮助村里制订了到2030年的乡村旅游规划，加强传统村落保护，挖掘传统文化潜力，争取把三台山村建设成全市乡村旅游服务基地和乡村旅游名村。眼下，前两步战略目标已经实现，今后主要是巩固成果。后一步战略也有了很好的起步,但要走的路还很长,需要一以贯之,锲而不舍。张官高速公路今年就要动工,沅古坪镇有个互通,到那时,市区到三台山不要一个小时,这是发展乡村旅游千载难逢的机遇。

他侃侃而谈,头头是道。我由衷赞道:"你扶贫真是用心用情,倾身投入。"他笑笑,然后说:"我是农民的儿子,对农村、对农民有着天然的亲近感情,时时有一种帮助他们做事的冲动。按当下时髦的话来说,这就是人民情怀吧。就是凭着这种感情,哪怕遇到挫折和责难,也没有退缩。"我在微信上曾读到他的一首诗:"崇山峻岭雾气涨,扶贫人儿穿梭忙。只唯群众得安康,伤吾性命又何妨。"诗言志,字里行间透露着一往无前的勇气和不破楼兰的悲壮。

送走了督查组,刘树协忙着召集帮扶队和村里干部研究整改落实工作。我坐在村部屋檐下小憩,看见几只燕子在村部檐口下进进出出,衔泥筑巢。"燕子归来寻旧垒",在我老家,有燕子在哪家筑巢育雏,哪家就会吉祥和睦、兴旺发达的说法。燕子在三台山村部筑巢育雏,预示着全村家家户户都会吉祥和睦,兴旺发达。

阵阵清风袭人,声声鸟鸣入耳。"好风凭借力,送我上青云。"刚忙完事的李彦柯坐在沙发上,头一啄一啄,很快进入了梦乡。见此情景,我想起《茵梦湖》里的一句话:"我们的青春就留在青山的那一边,可现在它到哪儿去了呢?"它在村民的笑声里,它在村庄的变化里,它在逐梦的征程里。

临离开三台山时,我脑海里陡然跳出辛弃疾的两句词:"我见青山多妩媚,料青山见我应如是。"这该是为三台山写的吧。

油菜花地

一到春天,故乡竹溪的土地上,开满了姹紫嫣红的花。但最美最香最醉人的,不是粉红的桃花、艳丽的杜鹃和雪白的李花,而是铺天盖地漫山遍野流金溢彩的油菜花。

油菜是一种很普通的油料植物,竹溪的家家户户都有种油菜的习惯。头年秋冬季播种育苗,在风霜冰雪中长得极缓慢,却活得很顽强。它几乎一个冬天都匍匐于地,唯有那一抹青翠,为肃杀的冬季陡添了无穷生机。

几阵春风吹过,几场春雨浸过,几缕春阳拂过,几声春雷响过,矮矮的油菜如得到神秘的指令,伸了几下懒腰,打了几个翻滚,一夜之间,像发育成熟的少女,丰腴圆润,窜出老高,把土地遮盖得挤密压密,不留一丝儿缝隙。

清晨,当寨子里的大人小孩还在昨夜的梦境里徘徊,忽然,在村庄里四处游荡不曾停歇的风,从窗户里、从瓦缝中、从板隙间送来了一波又一波袭人的芬芳。像美酒一般醉人,像天仙一般撩心,像巫女一般迷魂。大人揉着蒙眬的睡眼,惊叹:"油菜花开了!"孩子闭着双眼吸溜着鼻翼咂巴着小嘴,喃喃有声:"好香!"

推开木板门,遍地耀眼的金黄哗地扑面而来,刺得眼睛都睁不开。揉搓了好一阵,才看清眼前这景色。啊!长在田间地头山坡上的油菜,仿佛邀约了一般,齐崭崭开放了。扯天连地,金灿灿,黄亮亮,恣肆汪洋,向天地之间铺展开去。清风像顽皮的孩子,在油菜地里窜来窜去,惹得油菜花金浪翻滚,波连云涌。沉闷单调的村庄一下子变得山光水亮,雍容华贵,金碧辉煌。

茫茫花海中,我的乡亲——土地的主人,他们已扛起犁耙,赶着水牛,追随着油菜花的芬芳走向田野,愉快而辛勤地劳作着。一望无垠的油菜花园就在身旁,他们却无暇去光顾徜徉。他们对这金色的风景已经见怪不怪,只知道,油菜花开,春天播种的季节就到了,丝毫耽搁不得。

两个村妇站在各自的屋檐下,为着一些鸡毛蒜皮的事,在对骂着。骂着骂着,风荡来的缥缈的油菜花香把她们噎住了,陶醉了,竟不知不觉站在一起,对着田野金黄的油菜花痴望。她们又回到了油菜花般灿烂的少女季节,瞳仁里贮满了幸福和希冀。

最先嗅到油菜花芬芳的是勤劳的蜜蜂和彩色的蝴蝶,还有情窦初开的青年男女。蜜蜂和蝴蝶在金黄色的巨大地毯上翩翩起舞,追逐嬉戏。乡村的青年男女,把油菜花地视为爱情公园,成双成对来到这里,不惜浪费大好的春光,一坐就是大半天。他们有说不完的悄悄话,有嗅不尽的甜甜味。少女的耳鬓或辫梢,插几枝油菜花,透着别样的风情和韵致。就是她们离开油菜花园,走到集市上,走到小巷里,从身上散发出来的或浓或淡的味道,人们也会知道她们刚从油菜花园回来。

小孩子逃学,或是做错了事怕挨大人的拳脚,最好的藏身处,莫过于油菜花地。悄悄地躺在花丛中,头上有太阳暖暖地照着,耳边有蜂蝶嗡嗡地歌唱,四周有菜花馥郁的香味,这样的日子神仙也未必有。于是四仰八叉昏昏沉沉睡去,宠辱皆忘,烦恼全无。等一觉醒来,已是暮色四合,高一脚低一脚向寨子里悄然走去。

野狗这时也活跃起来,发情的母狗在油菜花里奔来跑去,一群公狗紧随其后,满头满身顶着油菜花瓣,条条野狗像穿着一件黄马褂。

菜花黄的季节,是乡村里最靓丽的季节,是乡村里最纵情的时光,是乡村里最自由的日子。老人不再呆滞和忧虑,村妇不再泼辣和多疑,青年不再羞涩和迷惘,孩子不再孤单和落魄。就连城里带着满身脂粉气的人们,也被乡村里弥漫着菜花香的风所牵引,携老带幼,远天远地地来到乡下,一睹油菜花开时香气四溢的美韵和无边无际的壮观。

我看了两部电影,有两个场面过目难忘。一部是电影《任长霞》,影片的结尾,没有任长霞遭遇车祸那凄惨的场面,而是让她漫步在一望无垠的油菜花丛中。我震撼了,这铺天盖地的油菜花,不正是无数的人民群众吗?是人民赋予了她金子般的品格和心灵,她永远和人民在一起。另一部是《太行山上》,两支分开的八路军队伍,在春暖花开的时候又会合了。他们会合的地点,导演特意安排在油菜花盛开的土地上,战士们在油菜花丛中相拥相抱,欢呼雀跃。多美的场面!金色的画面洋溢着革命英雄主义和乐观主义的色彩,寓示着革命前景一片辉煌光明。

金色年华是人生中最美最好的岁月,油菜花开是大自然最美最好的季节。人生会有种种挫折和磨难,季节也会时序更替花开花谢,但金色的阳光会永远照亮大地,灿烂的色彩会长久温暖心房。

小散文，大情怀

　　张家界永定区文联鲁絮先生向我推荐从湖北嫁到湖南的作家李三清，说她的作品清新精巧，灵动耐读。我找来李三清的一些作品，仔细来读，果如鲁絮所言。

　　李三清的作品短小简约，有春秋笔法之神韵，得明清小品之真谛。小则小矣，则小中蕴大，似镂空的微雕，删繁就简，点石成金。我谓之小文章、大叙事，小散文、大情怀。

　　三清的作品有许多写亲情、友情、爱情的篇什，看似平淡琐碎的柴米油盐、衣食住行、相夫教子，却在她的笔下写得轻松随性，简练深沉，透露着真性真情，大情大爱，臻至深远的生命境界。"我"两岁时，母亲意外去世了，渐至老境的奶奶，不仅把自己的五个子女养育成家，还帮助"我"的爸爸挑起抚育三个儿女的重担。"奶奶在，家就在。"奶奶不是母亲，却胜似母亲（《母亲节，想起奶奶》）。奶奶做的油浸腊鱼块，是"我"终身追忆的美味，奶奶是上天为"我"安排的遮风挡雨的大树（《奶奶的油浸腊鱼块》）。她能把高深哲理与现实生活血肉一体融合，天衣无缝联结。她在《瘦地种葵花》时，悄悄地在葵花秆边埋下肥料，指望它长得更快更高，收获更多更好，结果适得其反。这时奶奶告诉她"葵花不适合肥土种植"。从这件事她悟出一个道理：凡事因人而异，因时而异。"有时候，减一点欲望，少一点功利，反而会收获一份意外的惊喜。"读她的这篇短文，我自然想起了许地山的《落花生》，异曲同工，各有其妙。她的《一棵树的乡愁》，门前那棵高大的香樟树，让她觉得"有一种神秘而迷人的魅力"，后因拆迁被砍，匆匆赶回家时，见到倒下的樟树，"我的脸上不知何时淌满了泪水"，寄托作者深深乡愁的一棵树消亡了，内心充满着隐痛忧伤，无法排解，只有用笔为最后的精神家园写一支悠长哀婉的骊歌。

三清的作品语言浅显直白，摇曳生姿，没有叠床架屋、绕来绕去，是真正的散文语言回归。如她父亲洗清冤情回家的那个黄昏，"我看到蜜汁一样的暮色笼罩在村庄上，夕阳中的村子像油画一般典雅庄重。破烂的房屋穿上镀金的衣服，静悄悄地立在槐树边，有种不可言说的温柔。"蜜色黄昏，多美！既是写景，更是借景表达自己此刻的心情，观察细微，视角独特，达意婉约（《蜜色黄昏》）。她刻画快递大姐母子："大姐衣着朴素整洁，皮肤黝黑，喜欢咧着嘴笑。小男孩瘦瘦弱弱，见人怯生生的，直往后躲。"（《最好的爱是陪伴》）白描式的摹写，寥寥数字，母子形象跃然纸上。

三清已在散文创作上初具自己的风格，但愿她不忘文学创作的初心，砥砺前行，不断追求美、发现美、探索美，突破自我，超越自我，写出更精更美的作品。

浸入骨血的浓情真爱

作家耿立说他的散文创作是"在青和黄上劳作"。所谓青,就是将自己阅读历史、探查历史时的思考、怀疑写下,还原和唤醒被时光风尘和有意无意遮蔽的历史。如《义士墓》《赵登禹将军的菊与刀》《悲哉,上将军》等篇章是其历史散文的代表作,这类散文大多沉郁悲壮,读后给人以震撼。所谓黄,就是他常常回望乡土,对乡土的丰厚和卑微、封闭和保守,在歌赞里有泪水有鞭痕。"回到乡土接通地气,使乡土散文有生机,好像拔节的麦子,有黄土的颜色。"最近由百花文艺出版社推出的散文集《消失的乡村》,便是他乡土散文的集中呈现。可以说,耿立的散文创作"一半是历史,一半是乡土"。

我从网上购买了一本《消失的乡村》,从头至尾一篇不拉地认真读完。书中每一篇作品都对故土人事、风景风情充满着浓浓的情、满满的爱,对消失的乡村有着无言的忧戚和不尽的感伤。"没有故乡的人是不幸的,有故乡而又不幸遭遇人为的失去，这是一种双重的不幸。""现代化本身就意味着故乡被连根拔起。"读耿立的这些心血之作，让我一次次想起海德格尔的话"现代文明使人类失去故乡"，心里就隐隐作痛。

敬重泥土是耿立乡土散文鲜明的特色。从鲁西南黄壤平原深处走出来的耿立，始终梦牵魂绕、挥之不去的是故乡。那里"曾有我的族人近六百年的足迹"，长眠着"我"的祖先，怎能说走就走、说忘就忘呢？故乡是作者的精神依托，他一次次回望乡土，饱含深情眼噙热泪地向泥土鞠躬，充满敬重。泥土是万物之源，万物生于泥土，归于泥土，有了泥土就有了乡村的一切。《消失的乡村》关于泥土的生动描写俯拾皆是。"泥土是乡村的子宫和褓襁。""无论怎样，你也改变不了乡村是泥土做的，泥土才是乡村的娘家。""是上帝，是泥土给了乡村生命、灵魂、呼吸。"(《木镇的事情》)一生胆小卑微的父亲，质朴如泥土，命运如泥土，却一生亲近泥土，热爱泥土，对泥土有着自己的理解，说："泥土就如一令席子，植物、动物与人都或蹲或踞或躺或卧或立或动在这令席子上。"父亲心里最清楚，"土地糊弄不得，土地和人是兄弟，多少辈子都比邻而居，对别人好也是对自己好。""土地在父亲的脸上，是土地的徽章吗？""我们什么时候，对脸上有泥的人有过足够的尊重呢？我们向泥土敬个礼吧。"(《向泥土敬礼》)麦子和父亲，"他们都是来自土里，沉静是一样的，朴实是一样的，都是泥土一样的肤色，可能你会觉得他们土，但这是大地的颜色，是生活的本色。""在这黄的麦穗和蓝的天幕下，一个个的光脊梁，如一块块门板闪烁在这土地上，那些人的腰，像对大地鞠躬一样，谦卑地弯向土地。"(《乡间纪》)二十四节气是中国文明的独特贡献。节气跟农业、养生有关,跟泥土有关。耿立把节气看作"是自然与秩序美的约定,该来的时候都来,该走的时候都走",是一个个美学的格子,是天人合一的格子。节气里隐含着中国人"敬天知命"的精神。在肆意践踏节气的当下,耿立呼吁:"节气是我们最好的读本,我们可以诗化地还原它回到原本,回到优雅,回到那种朴素与从容。"(《美学格子》)是啊,不懂得敬重泥土,就不会懂得敬重生命、敬畏自然;离开了泥土,人的脚步踉跄,灵魂游荡。

　　精神返乡是耿立乡土散文醒目的标签。在耿立的心里,他有两个故乡,一个是外在的、世俗的故乡,即他笔下的什集,一个是内心的、精神的故乡,即他笔下的木镇。"什集是肉体的多一点,木镇是灵魂的多一点。对什集的痛感多来自那种家乡的破败,人伦的沉陷,人性的幽暗;而对于一些看不见的怀恋,我放到了木镇,比如那种风声,那种芦苇的花飞的激动。"(《木镇与什集》)两个故乡都是作者的精神家园,讴歌的对象。它们互为表里,一实一虚,交替出现,烘托着耿立的乡土情怀。在强大的城市化进程中,乡村被毁容,故乡在沉陷。但故乡也是我们灵魂最柔软的部分,"我是怀念一种乡村的精神质地、一种氛围和一套完整的乡野价值观,那种安恬那种惬意。"(《谁的故乡不沉沦》)"乡村远离了我住的城市,但故乡却潜伏在我血液的深处、骨髓的深处。"于是,耿立视牛屋为"乡村精神座席的地方"。"那些年,牛屋,不仅仅是乡间的一个空间的处所,它还是乡村的记忆,是故事的刻度。""告别了故乡,但告别不了牛屋,好像觉得乡村的灵魂和历史就在牛屋里。"(《精神的通道》)耿立把狗看作乡村"天然的更夫"，"乡村的狗在夜间活得很自在、很自我。没人束缚它，没人教导它，那样的狗活一辈子才像狗。"乡村有萤火虫的夏夜多么快乐，而今，"那些打着灯笼的小精灵"不见了，"我有一种悲抑的神伤，一种风情不在了，一种审美的道具不在了。"(《谁删减了黑夜的浓度》)一头远道而来的驴子，黑夜的鸣叫也是那么超凡脱俗。"平原厚实的夜只有一种声音可以穿透，那就是驴的叫声。""若是月夜，那月色便在驴的鸣叫里增添了振幅和动感；又若是春夜，麦香有点撩人，睡不沉实，就盼着驴叫。""好像驴与我与父亲成了夜幕和月色的主要的角色，好像脱离了尘世！"(《一头来自异乡的驴子》)平常的阳光，在作者眼里"是乡村的支撑，是乡村的灵魂""是她让土地解开了怀抱，放掉禁锢；是她让种子不再安心睡眠，把紧存内在的欲望澎湃汹涌"，遍及乡村的草，让耿立看到了诗意。"乡村是藏在草里的。""草也养活了一个又一个生命，比如牛，比如羊。""草是农人的兄弟吧，它们都来自泥土，终归于泥土。"(《木镇的事情》)还有故乡的一阵风、一棵树，都会勾起敏感多情的作家沉淀已久的记忆，时时刻刻做着精神返乡，与故乡土地共呼吸，与邻里乡亲通声息。"我的老家的人和动物植物一样，都是安静的自然的子民，春天就发青，夏天就铺张，秋天就删繁就简，冬天就肃穆。"乡村是那么和谐，有一种安定感、安居感，这种状态不正是现代城镇所缺乏的吗？

　　真实书写是耿立乡土散文的一大特征。耿立笔下的乡村，并不都是田园牧歌、美轮美奂的，也很少风花雪月。他追求的是生命里的精神和精神的高度，他把真实书写视为作品旺盛而永久的生命。作品中无论乡村的风俗人情，还是故乡的人间冷暖，都是真实可信的。他写父亲的篇什，把一个真实的父亲推到读者面前。父亲是一个被践踏者被侮辱者，生性胆小，口齿不清，不会说理，好急躁，是一个失败者，也是一个卑微的人。父亲和母亲争吵了一辈子。他做过货郎，摆过小摊，扫过大街，出过河工，饱受冷眼和不公。父亲爱喝寡酒，偶尔吼几句高调和梆子。为了减轻"我"的经济压力，父亲和"我"妻子在学校炸面泡，早早为自己准备了白棺木。当"我"得了鼻衄，鼻孔常常血流如注，父亲得知茅根可以治鼻衄，冒着雨雪在河里刨茅根送进城里，哪怕雪天路滑摔跤，手指红肿疼痛也没有停止。父亲以懦弱安身，这才是真实的父亲，这才是真实的普通人。乡村人性的沉沦，往往令人大跌眼镜。因为一只羊，夺去了两条人命。得宝媳妇秀秀站在高处用簸箕从谷堆里量取粮食时，一不小心，长裤从臀部尴尬滑落，露出两条白白的大腿。秀秀受不了众人复杂的眼光，最后上吊而死。命贱如草，这就是那个时代的真实。年老的父母被子女当成摇钱树，儿女欠账了，父亲就会拿钱替他们还账。母亲去世前的最后一个春节，被大哥接回乡下，妻子回家看见母亲额头有伤，邻居说是某些人打的。耿立把这些真实写出来，是需要勇气的，因为这些当事人还在，他们看到了肯定不高兴。如果不这样写，生活就失真，作品也就失去了生命和存在的价值。

"作家用心灵记录故乡，经历过沧桑之后，懂得了简单的美与张力，更明白自己的内心安妥才是正道。"生养我们的故乡永在，只要我们常常把她掂记在心中。

兄弟般的情谊

　　最近，廖静仁兄以抗日战争为背景的长篇小说《白驹》，躬逢盛事，即将与亲爱的读者见面，可喜可贺！这是静仁兄近年来重出文坛，闯入小说创作领域后取得的一个丰硕的成果。其如泉喷涌的文思，竟日不息的勤奋，拿捏得法的技巧，让我等文朋诗友引颈翘盼，羡煞至极，钦佩至极，兴奋至极。

　　我和静仁兄神交久矣。

　　去年秋天，我住在乡下的父亲病故。父亲去世后，分给我的乡下老宅便无人居住了。我办完父亲的丧事准备回城前，清理堆放在父亲卧室里的旧物时，翻出一本泛黄发潮的日记本。这是我早年用过的日记本，但不记得自己当年在日记本上记了些什么。打开一看，日记本上是我抄录的当时认为很优美且可作范文的句子段落或整篇文章，其中就有静仁兄发表在 1987 年第 5 期《散文选刊》上的《井湾里，我的乡亲啊》。我把静仁兄这篇美文用蓝墨水一字不落、工工整整抄录在本子上，足足抄满了 9 页纸。当年我是正做着文学梦的小青年，看到静仁兄这么优美且充满乡情民俗和人性美的散文,是多么的激动欣喜,是多么的虔诚神往。那时,我在乡下教书,见到的文学报刊有限,但我还是读到了静仁兄的好些散文,如《纤痕》《过滩谣》《资水河,我的船帮》等,他把乡情民情人情融入山水之美的作品引人入胜,让我痴迷。在我创作的道路上,我是把静仁兄的文章奉为皋圭,视作榜样,从而愈发仰慕敬重其人。

静仁兄早年以散文独步中国文坛。他在湖南有名的大河——资水边长大,那波涛汹涌、汤汤而逝的资水,是静仁兄心中的母亲河,也赋予他粗犷豁达、勇往直前、宅心仁厚、真诚善良的性格。他对这条大河的爱,那是浸透在血液中深入骨子里的爱。因而,早年为他赢得声誉的美文,大多以资水为母题,民俗为素材,写山水之美,民俗之美,人性之美。在对资水的歌吟和民俗的赞美中,我们体悟到静仁兄对故土的深情瞭望,对生活的无比热爱,对人生的多重思考。有人说他乃资水的守望者,有人称他是资水的儿子,以他的成就和对资水的挚爱,他是完全有资格承受这份赞誉的。

尽管读了他的那么多作品,受了他那么深的影响,但很长时间,我们之间一直无缘谋面。1999 年,我在桑植县政府办公室当主任,县里召开全民运动会,全运会前还组织了一次县里文学骨干参加的文学座谈会。我受命联系辅导老师,便想到了他和彭见明兄。当我电话邀请省作协副主席彭见明兄和《湖南作家》执行主编廖静仁兄拨冗前来桑植,给我县文学骨干作文学讲座和辅导时,我是怀着诚惶诚恐冒昧唐突的心情的,没想到他们十分爽快地答应了。他们从长沙坐火车到张家界，我因俗务缠手，不能脱身，只好安排单位司机去接他们到桑植。晚饭前，我抽空到住地去看望他们，接站的司机给我带路，边走边乐呵呵地告诉我："今天接了两个大胡子。"和见明兄、静仁兄一见面，果然瞧见他们都蓄着很有个性的络腮胡，两个名副其实的美髯公，特有文人气质，令人印象深刻。这是我和见明兄、静仁兄的第一次谋面。

那次文学讲座相当成功。见明兄、静仁兄花大半天时间与本地作者沟通交流，讲他们的创作历程和心得，讲杂志用稿的特色和要求。基层的作者很难有机会与大家名家面对面，因而会场里气氛热烈，互动不断。他俩总是有问必答，不厌其烦。座谈会后，桑植作者受到见明兄、静仁兄的鼓励和扶持，掀起了文学创作的高潮。静仁兄也不吝版面，把桑植的优秀作品在《湖南作家》接二连三刊出，还有些作品经他们指点，得以在一些有影响的大报大刊发表。一时间，在张家界地区形成了"桑植文学现象"。

从那之后，见明兄、静仁兄不仅是我文学创作上的良师导师，更是工作生活中的好朋友好兄弟。尤其是静仁兄，他不但经常和我聊文学话创作，而且对我的工作生活也十分用心和关注。我把他视为最信赖最亲近的兄长，一段时间没有打个电话联系发条短信问候，就觉得心里不踏实。我到长沙公干，也要尽量抽空到他那里坐坐聊聊，话题漫无边际，却每每从中获得乐趣和教益。我创作了一篇自己觉得满意的散文，都要先发给他批评指正，都能及时听到他的高屋建瓴的修改建议；我工作中遇到了难题蒙受了委曲，我也会向他倾诉，都能得到中肯的指点和真诚的安慰。

我转岗到桑植县国土资源局长位置上后，结合工作实践，思考土地的今生前世、林林总总，以土地为主题，写下了多篇散文，得到了静仁兄的肯定和鼓励，很多文章都是在他主持的《财富地理》《自觉》等刊物上首发，然后《散文海外版》等刊物转载，有些文章还作为一些省市高考或中考的阅读试题或模拟考试题，有的文章收入名校编辑的供学生课外阅读的读本。看到这些创作成就，静仁兄写信鼓励我："你已经写出了诸如《亲近土地》《土地的话题》《大地上的雕塑》等堪称艺术与思想完美统一的优秀作品，但是，我依旧对你的土地系列充满着热切的期许，并且主观地预言，在你未来的创作生涯中，定会有更多更好的作品奉献给读者。"他还给我指明方向："真正要写好我们人类及万物赖以生存的土地，既是形而下的，更是形而上的；既是生活的，也是知识的，更是思想的……这个话题待我们在今后的不断见面中做进一步的交流。"他还建议我适时以《大地语文》为书名结集出版土地系列散文。以后每次见面，我都要聆听他关于土地主题如何破题的高见妙论。在他的不断鼓励和催促下，2012年我的散文集《大地语文》由团结出版社出版。散文集在编选过程中，他从版式、装帧设计到文章编排、印刷用纸等方面都悉心指导，费尽心力。《大地语文》甫一出版，得到各方的好评，曾获得张家界市第三届优秀文学艺术作品奖和第五届宝石文学奖。

静仁兄担任《湖南作家》执行主编的那段日子，既想方设法办好杂志，让其成为湖南文学的形象窗口和精神家园，团结和培养了一大批日后纵横文坛的文学队伍，又深入研究思考和挖掘推崇湖湘文化的精髓命脉，编辑出版了《天下湖南》

《湖湘图志》《经世文鉴》等大型文化丛书,为湖湘文化传承弘扬,走向中国和世界作出了重大贡献。这段时期,静仁兄基本放弃了钟爱的文学创作,一门心思办杂志编丛书,竟也搞得格调高雅,风生水起。静仁兄是个富有智慧和创新能力的角色,搞创作办杂志闯市场,都是举重若轻,收放自如,闹腾出很大动静。

我在任桑植县国土资源局长后期,想编纂一部《桑植国土资源志》,以便让后来者了解我们走过的艰难历程,给他们留下一行行或深或浅的足印和一笔精神财富。但我又嫌志书体例呆板,审查烦琐。我便向静仁兄讨教,他出主意说,那就编一部《红色桑植国土资源文化图鉴》,既规避烦琐的审查,又能把内容和形式搞得丰富多彩。我认为他的点子很好,邀请他帮助策划并派人参与编写工作。他应承后,十来天就拟好了编写提纲,还派工作人员到我们单位搜集资料,实地了解情况。仅用几个月时间,这部书就编好出版了,业界内人士评价这部书内容丰富,图文并茂,厚重大气。后来这部书还获得了张家界市第十一届社会科学优秀成果三等奖。

在工作生活上,静仁兄对我也是无微不至的关怀。那年,县里为加快天然气开发进程,督促中石化集团加大勘探投入,县领导要我出面办文,以湖南省政府名义致函中石化督催。省政府办公厅办文都是讲究程序的,需一步步来。我很着急,与静仁兄午餐时,无意中说起了这事。静仁兄听者有意,马上给在省政府办公厅的朋友打电话,请朋友过问关照,加快办理速度。静仁兄的电话还真管用,文件只大半天时间就办好了。回县后,我把办理结果向领导做了汇报,领导还表扬了几句。

2012年，我县一集镇在进行大规模小城镇建设中，发生了一起村民自焚事件，引起高层关注。静仁兄知道国土部门肯定与这起事件有关，便隔三岔五地给我打电话，询问情况，真心安慰，比他自己的事还上心。我在苦焦忧虑中，及时得到他的关心关爱，感到多么踏实多么温暖多么幸福。

静仁兄看到国土局长排在十大高危行业之首，很为我捏一把汗。见面时，他多次提醒我要守住底线，耐住寂寞，不为利益所动，不要以权谋私，甚至鼓励我急流勇退，不要当局长了，过平安自在的日子。他的提醒和鼓励，完全出自大哥对小弟的关爱和呵护。对他的劝说我打心眼里赞同，嘴上也唯唯诺诺。可人在江湖，身不由己。直到2013年底我才卸去桑植县国土资源局长职务，到市局当起了副调研员。我给静仁兄报告这个消息时，他豪爽地说："兄弟，祝贺你！解脱了，早该这样了。抽空多写点东西吧！"

静仁兄把名利看得很轻很淡。早年他有从政的机会，却不辞而别，一走了之。如果他在从政这条路上一直走下去，以他的人品和智慧，一定会干得轰轰烈烈，风风光光，到现在已跻身省部级行列也未可知。他到省企事业文联任副主席兼秘书长，等到工作走上正轨，也毫不犹豫地辞去有实权的秘书长而只保留副主席虚衔，放手让年轻人大干快上。他的儿子女儿学校毕业后，本可以找人进入单位，谋得一份稳定清闲的工作。他却懒得求人，鼓励孩子们自己创业。儿子女儿创业虽然艰辛，但也小有成就，静仁兄看在眼里记在心中，感到满足和满意。现在政府提倡万众创新，大众创业，其实，静仁兄是较早的倡导者和实践者，早已让孩子们这么干了，他是很有先知和远见的。

静仁兄对家庭看得很重。他的夫人我们的嫂子，是一个贤惠勤劳、默默奉献的家庭主妇，几十年来，和静仁兄相扶相携，一路风雨一路阳光地走来，辛勤操持家务，哺育儿女，是静仁兄事业发展和成功的奠基石、铺路石。尽管两人在性格爱好、文化素养等方面有较大差异，但他俩相敬如宾，不离不弃。静仁兄没有那些功成名就之人的坏毛病臭脾气，没有包二奶养小三的绯闻，实属难得。他也给我们这些小兄弟做出了样子当好了表率。

这几年，静仁兄重出文坛，重点转向小说创作。由于功底深厚，生活积累扎实，一出手就超尘脱俗，不同凡响。两年多来，已发表小说百万字，多篇小说被转载。我们为他取得的如此辉煌成就既高兴自豪，又暗藏一丝丝妒忌。静仁兄创作再入佳境，生活淡定从容。每天是自觉堂前著华章，躲风亭里品佳茗；湘江岸边赏花草，遛狗拍照吟诗文。他对一些社会应酬和会议，能推则推，能躲则躲，超然物外，俨然陶渊明再世。真是大隐隐于市。

我和静仁兄的情谊深似海却是君子之交。和他通话或见面，总感到那么踏实轻松，那么亲和随意。他总忘不了叮嘱我一句："兄弟，多写点东西！"我虽然应诺着，但因惰性使然，才情不足，写得很少，辜负了静仁兄的一片好心苦心。

写下了和静仁兄交往的一些片段，算是乱谈，还望静仁兄包涵。文章的结尾，我只能用一句世俗却真情的表白：

"静仁兄，你是我永远敬重的兄长。"

我读《北京，最后的纪念》

　　阎连科的《北京，最后的纪念》是一本好书。该书入选2012年新浪中国好书榜50强。甫一出版，我便从网上购得该书。说句不恭的话，买得早读得迟。2013年1月，我随一群同事到云南腾冲、海南三亚出差，行囊中带上了这本书，晚上回到驻地，就着那份宁静和悠闲，慢慢去读这部自然主义的书，内心也沉静下来，和作者一起走进那难得的世外桃源。可惜我们都是凡夫俗人，不断地接到单位同事打来的电话，请示一件件烦心却需要认真答复的事，报告一桩桩事关单位形象的坏消息，好好的心情一下没了，再也读不下去书了。以后就为年前年后的事奔波忙碌，无暇接读下去。

　　2013年正月初一，我和家人早早去乡下岳父家去拜年。因岳母在2012年农历八月去世，按乡俗，岳父家今年是新年，需得正月初一去拜年。当天返回已是晚上8点左右。第二天，吃过早餐，女儿女婿带着小外甥谷俊毅去看奶奶，家里一下子安静下来。我便到书房，打开电炉，翻开没有读完的《北京,最后的纪念》读起来。我读得很慢,到晚上 12 时,这本薄薄的书还剩最后一章《冬天》,正月初三一早醒来,我披着棉衣靠在床头接着读,等妻子叫吃早饭时,我刚好读完合上书。

在《北京,最后的纪念》里,作者为我们仔细描述了他在北京一处叫花乡公园,行政区域编码 711 号的野园绿地三年多的最为奢靡诗栖生活。在有三千多万人口聚集的北京,有 711 号这么一处清净地,"正如俗世有了它的宗教"。作者倾其所有,租下一隅土地房院,购买农具和菜种,翻耕土地,播种育苗,过着城市中的田园牧歌式的生活。在这里,"我"通过自己饶有兴趣的劳动,不仅时鲜蔬菜自给,而且还送朋友。在这里,"我"观察和记录了菜蔬的生长。在这里,"我"莳弄花草,感受朝夕相伴的梅花、迎春、桃梨、连翘、月季、吊兰、白蒿、野草的悲喜,为荒野的草地歌唱。在这里,"我"极尽耐心地窥探植物的私生活,窃听树木的悄悄话,观察研究地下根须你死我活的战争,享受采摘林中雨后蘑菇的欣喜和快乐。"你从这去往林地采菇的小路上,用最粗沙的嗓子哼出的情歌,却都是从天堂门口传出的迎宾乐。""我"还体察到了柳树的情义,楝树和槐树的生死之恋,落叶悠长的愁绪,在与植物的接触、观察和研究中,"我"成了业余植物学家。在这里,"我"视花草、树木、昆虫、鸟雀们为真正的主人,欣赏昆虫的田径运动会和音乐演唱会,观察蚂蚁打架和长距离迁徙,与马蜂意外厮杀,悲情蝴蝶的舞殇,喟叹螳螂的忠贞爱情,在这些观察和叙写中,"我"始终把这些昆虫当作一个个有血有肉、充满张扬个性的生命,对它们满怀着敬意。"对于昆虫、动物和植物,人类只应理解它们的义务,而不应有干预它们的意图和行为。""这里不仅是鸟类的栖息所,而且还是鸟类在北京的最后一处天堂乐园了。"与鸟和动物比邻而居,"我"体味到了麻雀的欢歌笑语和悲伤,听到了人们对啄木鸟的风言风语;和刺猬夜间有味有趣的对峙,为难产绵羊接生的神圣与欣喜,收养和牵挂流浪猫,救助找不到家的土狗,无不让"我"感到温暖。园子里的留鸟和候鸟,因为全球性的气候变暖,首先感知了大悲剧的开始。南方的留鸟,因气候变暖成了北方的留鸟,这是好事还是灾难?窥一斑已见全豹。"鸟类混乱的迁徙和夏候鸟与冬候鸟的本性变异,这种信息并不能给人类带来根本的警觉,就是惊天动地的海啸和地震,也不能从根本上改变人类因贪婪所带来的灾难。""我"虽然住在与世隔绝的园子里,但"我"时时在思考人类未来的走向和归宿。在这里,深深嵌入"我"生命册页的是自己种的几十种树木、花草和藤蔓。风生水起、活色生香的大葫芦,贴近大地、大如人头的西瓜,娇贵的樱花,低贱的茄子,受害的木槿,听着朗诵生长繁衍的竹子,还有死后长出蘑菇的桃树,被遗弃却在711号园子里长得茂盛的香椿,随手挖来栽下自得悠然的爬墙虎等,让"我"在大自然中活得幸福滋润。在这里,"我"是最为清净闲散的人。"我"可以到湖边去散步,可以躲在树林里钓鱼和看书,可以坐在密集的树林里悠闲的吃饭,和湖水对话和谈天,躺在湖边的树荫下小憩和午休。冬天的园子里,"我"是留守的很少的几个人,"我"重回到了少年,真正融到了冬天的自然里。"感觉到了自己不是一个生物的人,不是圣灵或生命,而是这冬天园内大自然中的一株活着的树木或草植。"雪后,"我"在屋里生起一炉火,烤红薯,烤白果、核桃土豆,烤大蒜大葱,把腿翘在炉边,静静地读书。
"原来人生的意义果真不是权力、金钱和荣誉,而是你能否有超越这些的一种爱。"

云聚云散　翰墨留香

　　甲午马年盛夏，天津人民美术出版社为向良群兄出版了个人书法作品集，他签名赠我一册。案牍之余，我信手翻阅欣赏，叹其集子大气精美，墨香远溢，心存敬佩。作品气韵畅爽，笔走龙蛇，线条古雅，流水行云，竟至手不释卷。反复品鉴，气定神闲，浑然忘我。

　　早年，我在乡下授业解惑，他在乡镇当父母官，我学文他临池，都算小地方的文化人，遂得以相识。后又都在桑植县直机关供职，见面机会多。那时，良群兄春风得意，人生倜傥，做事顺心随意，风生水起；学艺刻苦勤奋，日渐精进。每次相见或相聚，我们既听他神侃工作中的趣闻逸事，也听他阔谈临池时的心得感悟。他善言，多有妙语真言，常聊得酣畅淋漓，神采飞扬，我辈洗耳恭听，频频颔首。他的巧簧鼓动，让当地很多怀揣艺术梦想而又萌生退意的青年才俊备受鼓舞。他挑灯苦练，使自己在书法艺术的道路上走得踏实长远。

　　良群兄为官做人从艺自有其秉性操守。仕途上他恪守本分,心态平和,看淡名利,不奉迎,不谄媚,曾有"错把厅长当秘书"之笑话。但他对分内工作不含糊,担任市地质公园办主任,倾情亲撰《张家界地貌赋》,文采斐然,为之扩大影响摇旗呐喊。在联合国教科文组织对张家界世界地质公园中期评估前,他食不甘味,寝不安席,周旋协调,尽职尽责,唯恐出纰漏、生枝节。常常自己伏案疾书,各类迎检材料,几年累积竟逾百万字,可谓洋洋大观。他做人坦荡谦和,侠骨热肠,不绕弯子,不打哈哈,不揉沙子。重友情重承诺,喜欢仗义执言,呵爱后生晚辈。其性格颇得土家人遗风之真传。在繁忙政务之余,良群兄以其不屈不挠的性格和吃苦耐劳的精神,不畏严寒酷暑,不管世事纷争,潜心书法这一国粹艺术,反复临习揣摩,逾三十年而不辍。功夫不负有心人,他终于花开一枝,自成一格。他不仅自己钟情陶醉书法艺术,而且乐于授徒传艺,热心公益,经常组织和参与各种书法活动,让传统文化得以弘扬普及。

书法是中华民族文化中的瑰宝,有着悠久的历史和独特的风格,书家辈出,杰作丰富。鲁迅先生云:"视文字为美观是华夏之独特。"良群兄在学书过程中,把刚健质朴的魏碑作为临习的首选。他对《龙门二十品》情有独钟,精心研习,手临心悟,吸取精髓,得其神韵。在此基础上,他博采众长,精研体势,取精用宏,融会贯通,自然显出自己风格,流露出大家气象。观其作品,黑白之间,变化万千,恰似云聚云散,聚则墨气生,散则灵气现。气势飞动,茂密洞达,虚实相生,秀媚多姿,真力弥漫,清爽峻朗。古朴厚重中显淡定从容,跌宕飘逸里藏天真妙趣,静温苍范下见精神境界。

书法是源自心灵的艺术，是性格气质的流露，是人格人性的展现，是世界大美的浓缩。书法只有和文学结缘，书家才会胸怀空阔，气度豪迈。良群兄深知书法与文学的关系，在刻苦学书的同时，也十分注重自身文学修养的提高。因此，他的书法作品充满着书卷气，笔墨超脱，气韵生动，引人入胜。他长期修炼而得《学书心语》，即是他多年研究传统、精心创作、不断出新的经验总结，更是一篇精美耐读、意旨高远、凝练浑厚的美文。他的《张家界地貌赋》，辞藻华丽，句式匀整，大气磅礴，融专业知识于形象文字中，是描写张家界地貌难得的辞赋。我曾有心写篇类似文章，读了良群兄这篇赋后，难望其项背，只得作罢。他把这两篇美文写成条屏或长卷收入作品集中，文章之妙书法之美，珠联璧合，相映成趣，令人崇敬，是为佳品。

"涉浅水者得鱼虾，涉深水者见蛟龙。"古人有言："天道酬勤，艺道无极。"良群兄正值盛年，曾自言书法是其一辈子不弃不舍而追求的事业。难得他有着这样可贵的艺术自觉和文化担当。相信随着他名声日隆，定会更加戒躁静心，勤勉用功，精修技法，情为艺用，不断攀登书艺新高峰，成为一代书法大家。

我乃一书法艺术之门外汉。品读良群兄作品集，不揣冒昧，有感而发，虚言妄语，贻笑大方。恳请良群兄见谅。

乡愁永不老去

　　有一本书,叫《乡愁里的中国》,作者试图给所有身在城市却依然充满乡愁的人"找一条回家的路"。这条路不仅没找到,反而更迷惘。每个人心里都有一个亲切温馨、熟悉难忘的故乡,随着城市化进程的加快,故乡在迅速地崩塌瓦解,走进城市的你我他,身体和心灵被赤裸裸地抛撒到一片苍茫中。生活在急遽变化、五光十色、摩登现代的都市里,互助守望的邻里不见了,世代流传的民俗远去了,鸟语花香的风景消失了。我们日益变得麻木不仁,惶惶不安,无枝可栖,如鱼儿离开了河流,鸟儿离开了树林,虫儿离开了草丛一般。此时此刻,我们才恍然大悟,乡土是那么魂牵梦绕,乡风是那么醇美旖旎,乡愁是那么挥之不去。

　　乡愁原本是一个感性柔情的词,经常出现在文学作品里,是那么缠绵悱恻,恬静凄美,饱含质感。她是一种每个人普遍体验却难以捕捉的情绪,"是一种对已经逝去的文化岁月、生活方式的追忆、留恋和缅怀"。不曾想,"让城市融入大自然,让居民望得见山、看得见水、记得住乡愁",这充满诗性和人性的表达,竟出现在中央城镇化工作会议的公报里,让人眼前一亮,怦然心动。她唤起了我们对乡土情结的眷顾,对人文情怀的凝望,对民族精神的依恋。

城镇化,是实现中国梦的重要途径;乡愁,是天下游子共同的精神家园。城镇化建设中,要让我们"记得住乡愁",既是戳中了一些地方城镇化发展的软肋,又为今后城镇化建设指明了方向。记住乡愁,就是要让每一个人在城镇化进程中,精神有所皈依,灵魂诗意栖息。这是当今城镇化建设更新更高的标准,也是今后城镇化建设更难更重的任务。

其实,在城镇化建设中,中外不乏"记得住乡愁"的实例,为我们提供了许多有益的借鉴。美国东海岸的波士顿,是华人集聚地之一。随着波士顿大隧道的建设,原来华人集聚地方的一条高速干道出入口,变成了城区开放的绿道。当局者和华人决心在这里打造一个富有中国和亚洲个性,不失当代特色的中国城公园。中美设计师联合设计方案最终胜出。中国城公园建成后,成了波士顿的一道靓丽的新景观。这个公园的设计理念,就是紧紧抓住漂泊在外饱受艰辛的华人,无时无刻思念家乡土地和亲人的情结,把他们熟稔于心的乡土景观用现代设计手法表现出来,重建记忆中的村口景观。公园门口是一片野味十足的茅草,令人想起家乡村头的荻花和稻田。园内曲径相交的翠绿竹屏,由中国红的钢架框限着。中国味的竹,中国红的架,红绿相衬,微妙地烘托着中国气氛。加上园内一挂跌瀑,一条小溪,五彩鹅卵石,中国原产植物,处处留下中国烙印。园内的广场,设计师从中国古典村口院落和村中社戏广场获得灵感,把它设计成既能满足春节中秋等中国节日团聚庆祝,平时又能开展下棋打拳等健身活动的场所,成为一个开放的空间,增强了华人社区的归属感和认同感。漫步其中,会唤起他们对故土的珍贵记忆,安放永远的乡愁。

在沈阳建筑大学新校园里,设计师用东北稻作为景观素材,设计了一片3公顷的校园稻田。稻田中便捷的路网,浓荫覆盖的读书台,四季变化的风景,学子朝夕用功的身影,构成了校园里独特的自然文化景观。这样的校园,演绎了关于土地、人民和农耕文化的耕读故事。在这里,中国的耕读传统被赋予全新的内容,中国的农业文化得到活生生地展现。这是对乡愁的最具直面的诗意呈现。

最近有报道称,苏州工业园区之所以成为全国的标杆,就在于园区严格执行编制的规划。园区的规划一经确定,无论政府换届,官员调动,机构变迁,企业消亡,都不能随意更改变动。园区建设中有几个细节很感人:园区里有一棵树龄500年的银杏树,被完好地保存下来,并以这棵树为中心,建立了一个开放式的小公园;有一条行洪渠,依然保留了它蜿蜒弯曲的原始走势,使得园区景观耐看多变;在园区的一个角落里,竟然保留了一丛老树,树上还悬着一个鸟巢,在工地上特别打眼。注重这些细节,园区人解释说,不是矫情,而是为了建设"记得住乡愁"的现代产业园。

国土资源部为了落实党中央关于守住耕地红线和粮食安全底线的指示,也特别要求,要严格控制城镇建设用地规模,严格划定城市开发边界和永久基本农田。在城镇化建设中,需要扩大用地规模的,采取建设串联式、组团式、卫星式城镇模式,避让优质耕地。试想一下,果真这样,农业景观和特色城镇相得益彰,乡村风光和现代都市彼此呼应,不信乡愁唤不回。

我在几年前的长篇散文《一城山色半城水》中,极尽所能地描写家乡桑植县城的山水之美、建筑之美、民俗之美、文化之美,其目的就是想让当政者注意到这些感情细节,保留那么几处典型民居特色小街等,供我们凭吊和怀旧,也就是今天所说的让我们记得住乡愁。

当下的生活是多样的,生活空间也必须是多样的,城镇建设模式也应该是多样的。我们欣喜地看到,各级决策者正在自觉地践行着中央提出的要求。湖南已经提出在城镇化建设中,注重从大小搭配、统筹规划、宜居乐业、湖湘特色四个方面做好文章,记住乡愁。我们期待着花开锦绣,美梦成真。

"离别后,乡愁是一棵没有年轮的树,永不老去。"故土难离,乡情难忘,乡愁不老。